여전히, 둘

여전히, 둘

도모리 시루코 글 ㅣ 가시와이 그림 ㅣ 김윤수 옮김

스푼북

차례

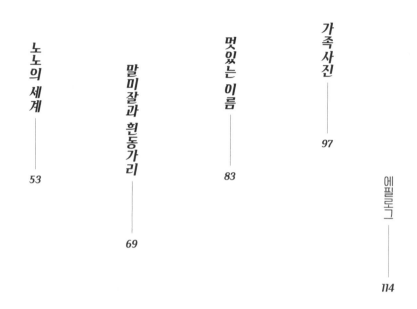

어쩌다 이 책을 펼친 당신께

이 책을 읽기 전에 알아 둬야 할 게 있어요.

아, 제가 누구냐고요? 이 책을 끝까지 읽으면 알게 될 거예요.

먼저 주인공부터 소개할게요. 모우리 네네. 열네 살. 중학교 일 학년. 가끔씩 친구들은 '네네짱'이라고 불러요.

그리고 모우리 나나. 네네의 엄마예요. '네네의 엄마는 나나'라고 기억해 주세요. 어렵지 않죠?

또 기억해야 할 사람은 모우리 마사오. 네네의 아빠예요. 한자로 쓰면 '바른 남편(正夫)'이라는 뜻이에요. 왠지 의미 있는 듯한 이름이지요.

  그리고 네네의 반 친구들도 몇 명 나오는데, 여기서 모두 소개
해 버리면 김샐 수 있으니까 생략할게요.

  그러니까 일단 이 세 사람만 기억해 주세요.

  모우리 네네.

  모우리 나나.

  모우리 마사오.

  제게 아주 소중한 사람들이에요.

너를 부른 이유

내 이름은 네네. 내가 세상에 태어날 때 사실은 여동생이 있었다. 여동생 이름은 노노.

엄마 이름은 나나, 아빠 이름은 '니니'나 '누누'가 아니라 평범하게 마사오. 마사오 씨는 나나 씨보다 일곱 살 어리다.

나나 씨는 고등학교는 유급했고, 대학교는 삼수를 해서 갔고, 중간에 휴학을 해서 동급생보다 나이가 네 살이나 많았다. 같은 대학에서 마사오 씨가 일 학년일 때 나나 씨는 사 학년. 운명적인 만남이었다나.

그건 그렇고, 노노와 나는 쌍둥이 자매다. 하지만 그건 나나 씨 뱃속에서 지낸 열 달뿐이다. 나는 건강하게 태어났지만 노노는 그러지 못했다. 나나 씨는 깊은 슬픔에 잠겼고, 마사오 씨는 나나 씨를 위로했다. 때로는 부드럽게, 때로는 엄하게. 너무 슬픈 얼굴을 하고 있으면 네네가 토라진다면서.

마사오 씨는 일본어 히라가나의 '나' 행, 즉 '나, 니, 누, 네, 노' 음을 좋아한다. 부드러운 느낌이 든다나.

"나나와 내 아이니까 '네네'와 '노노'가 좋다고 생각했어. '가가'나 '게게'는 안 돼."

그렇게 말했지만, 마사오 씨는 레이디 가가의 노래를 꽤 좋아했다.

노노가 있다면 어땠을까. 나는 종종 '쌍둥이 여동생 노노와 같이 사는 나'를 상상해 보곤 했다.

사실, 노노는 있다. 보이지 않지만 우리 마음속에 분명히.

나나 씨는 식사 준비를 할 때 식탁에 노노 자리를 꼭 챙겼다. 우리와 똑같이 밥공기를 놓았다. 크리스마스나 생일같이 무언가 축하할 날에는 케이크와 맛있는 음식을 노노 자리에도 조금씩 두었다.

가끔 노노 목소리가 들리는 것처럼 느껴질 때가 있다.

"언니, 간식 먹자."

"언니, 숙제했어?"

"언니, 만화책 빌려줘."

"언니, 씻자."

그리고 신기하게 노노 냄새가 느껴질 때도 있다.

집에서, 학교 복도에서, 역 앞에서, 백화점에서, 수영장에서. 가볍게 둥둥 떠 있는 듯한, 그리운 냄새. 그러면 살짝 울고 싶어지기도 하고. 무슨 냄새인지는 잘 모르지만, 언젠가 어디선가 맡아 본 적이 있는 냄새였다. 어쩌면 나나 씨 뱃속에서 맡았던 노노 냄새가 아닐까?

그럴 때 나는 나지막이 불러 본다.

"노노?"

대답은 없지만 나는 안다. 공기 속에 노노가 있다는 걸.

초등학교 육 학년 때 반 아이들한테 이 이야기를 했더니 이런 말을 들었다.

"불쌍해."

불쌍하다고? 노노가, 아니면 내가? 누가, 뭐가 불쌍한데?

집요하게 물고 늘어졌더니 그 아이는 갑자기 울음을 터트렸다. 그때 교실 분위기는 이루 말로 표현할 수 없다.

난 불쌍하게 여겨지는 건 별로 좋아하지 않는다. 그 이야기를 나나 씨와 마사오 씨에게 했더니, 나나 씨는 조금 미묘한 표정을 지었고 마사오 씨는 기뻐하는 것 같았다. 그런 걸 '자존심이 상하다.'라고 한단다. 그리고 이렇게 덧붙였다.

"네네는 자존심이 강하구나."

그 뒤로 나는 노노 이야기를 아무한테도 하지 않게 됐다. 여기 저기에서 노노 냄새가 난다는 얘기를. 이해해 주는 사람이 없으니 하는 수 없었다. 엄마 뱃속에서 쌍둥이 한 명과 헤어진 경험이 있는 아이는 별로 없다. 경험해야만 알 수 있는 마음도 있는 거다. 그래서 경험한 사람은 경험하지 못한 사람에게 자상하게 대해야 한다. 왜 안 알아주냐고 화낼 게 아니라 모르니까 하는 수 없지, 하고 생각하는 편이 낫다. 내가 터득한 방법이다.

누가 알아주지 않아도, 노노 냄새를 느끼는 건 나한테 중요한 일이고 내가 알면 되니까. 그러면 충분하다.

그러면서 사실 한편으로는 "그게 어떤 거야?" 하고 물어봐 주는 아이가 있었으면 좋겠다고 생각했다.

학교에 가니 히키가 교실에서 울고 있었다.

히키는 목소리가 아주 작아서 수업 중에 선생님이 교과서를 읽으라고 시키면 입은 움직이는데 목소리가 전혀 안 들렸다. 이노우에가 "안 들려요." 하고 놀리면 다 같이 조금 웃고, 선생님은 우리한테 주의를 준 다음 "좀 더 큰 소리로." 하고 히키를 격려했다. 언제나 그런 식이었다.

히키는 자기 자리에서 훌쩍훌쩍 울고 있었다. 히키 자리는 교실 한가운데였다. 그 자리 주변에만 아무도 없었다. 교실 분위기는 장마철처럼 음울했다.

"히키, 왜 울어?"

내가 다가가서 물어도 히키는 고개를 숙인 채 울기만 했다.

"네네. 이리 와, 이리."

"아, 안녕."

교실 구석에 있던 마리모와 모미야마가 불렀다. 나는 곧바로 두 친구에게 다가갔다.

"네네. 이거 봐, 나의 새 공책! 귀엽지?"

"다음에 우리도 사자. 커플 공책으로."

마리모의 쨍한 분홍색 공책은 정말 귀여웠다. 하지만 그건 분홍색이 어울리는 마리모가 가지고 있어서 귀엽지, 나나 모미야마한테는 어울리지 않아 보였다. 모리 마리모, 앞으로 읽어도 뒤로 읽어도 모리 마리모는 모리 마리모다.

"히키 왜 저래? 왜 울어?"

내가 묻자 마리모가 '쉿' 하고 집게손가락을 입에 댔다.

"이따 말해 줄게."

"지금은 안 돼?"

"안 된다니까."

"왜?"

"네네, 분위기 좀 읽어."

모미야마가 허둥지둥 말했다. 꼭 더 이상 마리모 기분을 건드리지 않게 조심하라는 충고로 들렸다. 그래서 나는 입을 다물었다. 하지만 혼란스러웠다. 우는 아이를 내버려두는 게 분위기를 읽는 건가? 내버려두기를 원했다면 히키도 교실에서 울지 않았을 것 같은데.

일 교시 과학 시간에 뒤의 뒤에 앉은 마리모가 쪽지를 보냈다.

수우 병이 도졌어.

아하, 이제 알았다.

모미야마가 히키한테 오늘 방과 후에 우리 조의 야외 학습 계획을 세우자고 말했더니, 수우와 약속이 있어서 안 된다잖아. 모미야마가 기껏 먼저 같이하자고 했는데, 바보 아냐?

이렇게 마리모는 종종 히키 흉을 보았다.

물론 히키는 좀 별나긴 했다. 히키에게는 '수우'라는 상상 속 친구가 있었다. 때로는 정말 그 아이가 있는 듯이 행동했다. "수우랑 놀고 있었어.", "커다란 파르페를 수우랑 나눠 먹었어.", "수우 앞머리가 많이 자랐어." 같은 소리를 아무렇지 않게 했다.

"그런 애가 어디 있냐?"

"거짓말쟁이!"

"이상해!"

그 얘기를 들은 아이들은 히키를 비난하곤 했다. 왜 굳이 반응하는 걸까? 그렇게 생각한다면 그냥 내버려두면 될 텐데.

나는 히키의 수우가 나의 노노 같은 존재일지도 모른다고 생각했다. 결정적으로 다른 건 수우가 현실에 있었는지 없었는지일 것이다. 아마 수우는 존재하지 않겠지만, 노노는 분명히 존재했다. 내가 '불쌍'하고 히키가 '거짓말쟁이'가 되는 건 그런 차이 때문인지도 모른다.

그런데 뱃속이 '현실'일까? 나는 '현실'이라고 생각하지만, 그렇게 생각하지 않는 사람도 있을 것이다. 왜냐하면 실제로는 안 보이니까. 마찬가지로 히키의 '현실'이 우리와 조금 다른 게 아닐까. 히키를 보면서 살짝 슬퍼졌다. 보이지 않는 걸 아주 소중히 여기고 있으니까.

집에 갔더니 나나 씨랑 마사오 씨가 진지한 얼굴로 식탁 의자에 앉아 있었다. 이 시간에 왜 마사오 씨가 집에 있지? 일은 어쩌고? 마사오 씨는 물리 치료사다. 오늘은 쉬는 날이 아니었던 것 같은데.

그리고 식탁에 왜 메밀국수가 놓여 있을까?

나나 씨가 먹고 있었던 모양이다. 하지만 이상하다. 나나 씨는 메밀국수가 아니라 우동을 좋아하는데. 그동안 나나 씨가 메밀국수를 먹는 걸 한 번도 본 적이 없었다. 나와 마사오 씨가 메밀국수를 먹을 때면 나나 씨는 꼭 다른 걸 먹었다. 다시 말해 메밀국수를 싫어했다.

"네네, 이제 오니?"

마사오 씨가 말했다.

"중요한 얘기가 있어."

나나 씨도 말했다.

무슨 이야기일까? 메밀국수가 마음에 걸렸다. 평소에는 없는 것. '메밀국수'라는 이름마저 불길하게 느껴졌다. 메밀국수라고 부르고 싶지도 않았다. 그냥 멀리 사라져 버렸으면 좋겠달까. 나나 씨가 메밀국수를 향한 내 시선을 알아차렸다. 그리고 아무렇지 않다는 듯 말했다.

"아, 이거? 왠지 갑자기 먹고 싶어져서! 놀랍지?"

원래 식탁 자리는 나와 나나 씨가 나란히 앉고, 마사오 씨는 맞은편에 앉았다. 마사오 씨 옆이 노노 자리다. 그런데 오늘은 노노 자리에 나나 씨가 앉아 있었다.

나나 씨가 말했다.

"실은, 네게 동생이 생겼어."

"뭐?"

"놀랐니?"

"……응, 놀랐어."

조금 놀라긴 했지만 금방 받아들였다. 나나 씨가 아기를 가진 것이다.

"나한텐 계속 동생이 있었어. 노노."

내 말에 나나 씨와 마사오 씨는 미소를 지었다.

"그래, 그렇지. 그러면 이제는 동생이 둘이 돼."

"언제 태어나?"

"내년 삼월쯤 되려나."

"아직 멀었구나."

그래서 메밀국수를 먹은 건가? 임신하면 음식 취향이 달라진다고 어디선가 들은 것 같다.

"지금 나나 뱃속에 아이가 있다는 게 믿어져?"

나나 씨와 마사오 씨가 소리 높여 웃었다.

"아직 멀었어."

"배도 납작해."

나도 점점 들떴다. 새 가족이 생긴다! 나나 씨와 마사오 씨가 이렇게 행복한 얼굴을 한 건 처음 보는 것 같았다. 이번에는 정말 '언니' 아니면 '누나'라고 불리게 되는구나. 이번에는 정말로.

이번에는 정말로?

그렇게 생각한 순간, 뭔가가 가슴을 콕 찌른 느낌이 들었다.

유월 마지막 토요일, 학교에서 집으로 돌아가다가 역 앞에서 히키를 봤다. 사복 차림에 파란색 자전거를 타고 있었다.

히키는 머리카락이 무척 길었다. 머리카락이 등 중간까지 내려왔다. 학교에서는 하나로 질끈 묶고 있는데, 지금은 묶지 않아서 그런지 더 길어 보였다. 가끔 나도 머리카락을 길러 보고 싶다고 생각하지만 항상 도중에 잘라 버려서 어깨 정도까지밖에 기르지 못했다.

"히키!"

내가 부르자 히키가 자전거를 멈추고 돌아봤다. 그 순간, 용건도 없으면서 불렀다는 생각이 들었다.

"아아, 모우리."

히키가 평소처럼 작은 목소리로 대답했다. 내 이름을 알고 있어서 다행이었다.

"어디 가?"

내가 물었다.

"도서관에. 시험 기간이잖아."

성실한 대답이 돌아왔다. 그렇다. 지금은 시험 기간이었다. 아마 틀림없이 히키는 나보다 성적이 좋을 거다. 하지만 모미야마보다는 낮지 않을까? 잘은 모르지만……. 그런 생각을 하느라 입을 다물고 있었더니 히키가 하는 수 없다는 듯 물었다.

"그, 모우리 넌?"

"내 이름은 '그모우리'가 아니라, 모우리. 모리라고 불러 줘. 난 힛키라고 불러도 돼?"

내가 '모'와 '리'를 길게 발음하며 말했다. 그러자 히키가 깜짝 놀란 얼굴로 자전거에서 내렸다.

"……되긴 하는데, 날 그렇게 부르는 사람은 아무도 없어."

"넌 아무도 안 부르는 이름으로 부르고 싶고, 불리고 싶을 거 같아."

내 억지 주장에 히키는 한숨을 쉬었다.

"모우리는 정말 별나구나……."

"모우리가 아니라 모리."

"모오, 리이."

"그래. 그리고 나 전혀 안 별난데? 너 정도는 아니야."

힛키는 순간 그게 무슨 뜻이냐는 듯한 표정을 지었다. 그렇지만 입 밖으로 나온 건 다른 말이었다.

"이렇게 나한테 말을 거는 것부터 많이 별난 거 같은데."

"그건 그럴지도 모르지."

또다시 힛키는 의아하다는 표정을 지었지만, 역시 입 밖으로 내지는 않았다. 말하는 걸 참는 습관이 있는 것 같았다. 어쩌면 마리모 때문일지도 모른다.

"미안, 마리모가 너무했지. 항상 심술궂어서."

대뜸 말한 다음에 깨달았다. 나는 이 말이 하고 싶어서 힛키를 불러 세웠나 보다. 내 말에 힛키는 두리번거리더니 목소리를 낮춰 물었다.

"넌 왜 마리모와 친해? 모미야마는 그렇다 쳐도."

"모리 마리모, 모미야마, 모우리 네네. 출석 번호 순이거든. 그건 불가항력이야. 그냥 자리가 가까워서 그런 거고, 깊은 뜻은 없어. 그리고 마리모와 모미야마도 좋은 점이 있어."

"응, 모미야마는 그런 거 같아."

힛키도 모미야마는 마음에 드는 모양이었다. 아무래도 모미야마는 털털하고 시원시원한 성격이니까.

"나도 있어, 힛키. 너의 수우 같은 애."

내 말에 힛키 눈이 휘둥그레졌다.

"정말? 어떤 식인데?"

역시 그렇게 물을 줄 알았다.

그렇구나, 나는 단순히 마리모 일을 대신 사과하고 싶었던 게 아니었다. 내 이야기를 들어 주길 바랐던 거였다.

나는 힛키에게 노노 얘기를 했다. 힛키는 내 이야기를 다 듣더니 고개를 갸웃했다.

"근데 그건 좀 다른 거 같아."

"그래? 어떻게?"

이번에는 내가 물었다.

"난 수우 냄새를 느낀 적이 없어. 느끼면 좋겠지만, 수우는 정말 있는 게 아니니까."

나는 깜짝 놀랐다.

"알고 있구나."

"알다니? 뭘?"

"수우가 현실에 없다는 거."

"당연하지. 모르면 문제가 있는 거야."

"하지만 정말 있는 것처럼 말할 때가 있잖아. 그래서 마리모가 괴롭히는 거야."

그러자 힛키는 곤란한 얼굴로 말했다.

"교실에서 가끔 그런 소리를 할 때가 있지. 그건 뭐랄까, 누군가와 같이 있는 걸로 하고 싶은 거야. 혼자 있고 싶다고 하면 안 들어줄 거 같아서. 그럴 때 항상 수우 생각을 하거든. 그러면 정말 있는 것처럼 느낄 때가 있어. 그러니까, 그럴 땐 정말 수우가 있어. 마음속에……. 앗, 나 진짜 문제가 있는 걸까?"

알 것 같기도 하고, 아닌 것 같기도 하고.

"음, 아픈 건 아니니까 병원 갈 문제는 아닐 거야."

그래도 힛키 얼굴은 침울했다. 그래서 덧붙였다.

"가는 게 좋을 것 같으면 얘기할게."

"고마워. 나 이제 갈게."

그리고 우리는 아무 일도 없던 양 헤어졌다.

힛키와 처음으로 대화다운 대화를 나누었다. 내 생각에 힛키는 별로 이상하지 않았다. 그저 주변과는 조금 다르게 현실을 보고 있다고나 할까.

그게 왜 '거짓말쟁이'이고 '이상해'인 건지, 나는 이해가 잘 안되었다.

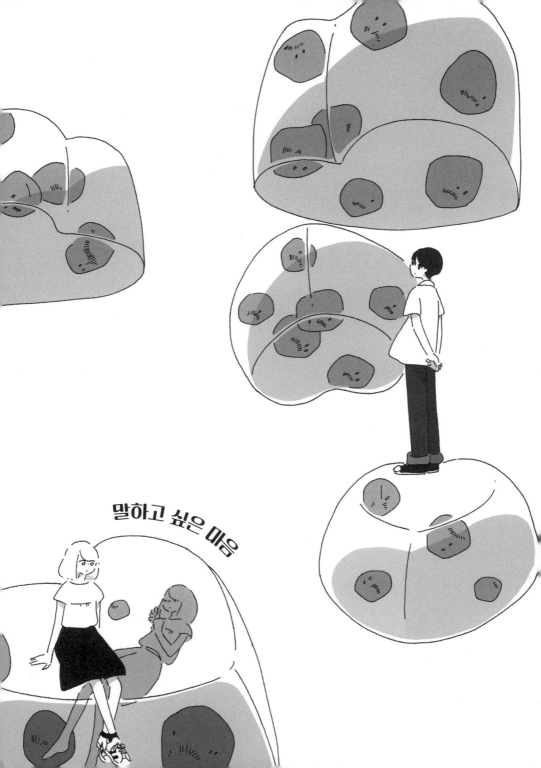

말하고 싶은 마음

할마님, 더운 날씨에 어떻게 지내세요?

얼마 전에 여름 방학이 시작됐어요.

요즘 나나 씨는 잘 지내요. 나나 씨 뱃속 아기도 잘 있는 것 같고요. 입덧이 진정됐는지 나나 씨는 완전 먹보가 됐어요. 초반에는 짜증도 많이 내고, 우울해하고, 너무 많이 자고 그랬는데, 이제 안 그래요.

할마님은 잘 지내세요?

옆에서 나나 씨가 당연히 잘 지내시겠지, 라고 하네요.

동그란 수박 모양의 재미있는 엽서를 사서, 할마님에게 여름 안부 편지를 쓰기로 했다. 할마님은 분명히 기뻐할 것이다.

'할마님'이라는 호칭이 마음에 들어서 계속 그렇게 부른다. '할머니'보다 귀엽고, 고상한 느낌도 든다. '할머님'보다는 힘이 덜 들어간 듯해서 좋다.

후쿠오카에 사는 할마님은 나나 씨의 엄마, 그러니까 외할머니다. 올해는 외할아버지와 결혼 사십 주년. 그런 경사스러운 해에 나나 씨한테 아이가 생겼다는 소식을 전했더니 두 사람 모두 아주 기뻐했다고 한다.

마사오 씨는 부모님을 일찍 여의었다.

외할아버지는 후쿠오카에서 회사를 경영하는데 항상 바빠서 만난 적이 별로 없다. 그래서 만난다 해도 외할아버지를 금방 알아볼지 좀 의문이다. 반대로 외할아버지도 나를 못 알아보지 않을까? 왜냐하면 아이는 몰라보게 쑥쑥 자라니까. 내가 외할아버지를 '할바님'이라고 부르지 않는 건 그런 점과 연관 있지 않을까 싶다.

"오히려 불러 보지 그래?"

나나 씨가 말했다.

"아빠는 기뻐하실 것 같은데. 둘의 거리도 좀 좁혀지지 않을까?"

"글쎄……. 엄청 무섭지? 화내시면."

"화내면 무섭냐고? 마사오가 그랬어?"

"나나 씨가 말했는데."

"어머, 그랬나?"

나나 씨는 혀를 날름하며 웃었다.

할마님에게 보내는 엽서에도 썼듯 칠월의 나나 씨는 아무튼 장난이 아니었다. 임신 삼 개월 차로 입덧이 몹시 심했다.

"졸려. 너무너무 졸려. 네네, 설거지 좀 해 줄래? 그리고 밥솥에 남은 밥은 랩으로 싸서 냉동실에 넣어 줘."

나나 씨는 당장이라도 감길 듯한 눈으로 말했다. 처음에는 장난치는 줄 알았는데, 정말 너무너무 졸립다나. 졸음도 입덧이랑 비슷한 거라고 했다. 나나 씨는 마치 잠자는 공주처럼 내리 잤다. 그러고 나서 일어나는가 싶으면 다짜고짜 이렇게 말했다.

"음식물 쓰레기 냄새가 역겨워. 마사오, 버려 줘."

마사오 씨는 우리 집 음식물 쓰레기 담당이다. 밥을 하고 푸는 것도 마사오 씨 담당이다. 나나 씨는 냄새를 도무지 견디지 못했다. 조금이라도 강한 냄새를 맡으면 '웩' 하고 구역질을 연달아 했다. 며칠 전에는 마사오 씨가 허둥지둥 향이 없는 샴푸를 사 왔다.

나는 그런 나나 씨를 보면서 걱정스런 마음이 들었다.

"나랑 노노가 뱃속에 있을 때는 입덧도 두 배였어?"

나나 씨는 잠시 생각하더니 대답했다.

"아닌 것 같은데."

그리고 덧붙였다.

"젊었고 체력도 좋았지. 첫 출산이라서 그런가, 아무튼 기운이 넘쳤어."

나는 안심했다. 다행이야, 노노. 우린 그렇게 나나 씨를 힘들게 하지 않았대. 마음속의 노노한테 그렇게 말을 건넸다. 노노는 빙긋 웃으면서 '다행이야, 언니.' 하고 대답했다.

그렇게 정신없는 칠월이 지나고, 팔월에 나나 씨의 입덧이 진정되고 나자 드디어 차분한 여름 방학을 만끽할 수 있었다.

막 여름 방학 숙제를 하려는데 모미야마한테 메시지가 왔다.

네네, 지금 시간 있어?

시간이야 있기는 한데, 왜?

바로 읽음 표시로 바뀌었다.

지금 만날 수 있어?

모미야마가 웬일로? 오늘은 연습이 없나? 모미야마는 교내 소프트볼부에 속해 있었다.

우리 학교 소프트볼부는 실력이 좋기로 유명해서, 여름 방학에도 연습하느라 아주 바쁠 터였다. 나는 소프트볼 규칙은 전혀 모르지만, 신입생 환영회에서 소프트볼부의 삼 학년 선배들이 던지는 공을 보고 자연스럽게 존경하게 됐다. 직접 맞으면 죽을 수도 있겠다 싶을 만큼 빠르고 강렬했다.

모미야마가 바쁜 와중에 만나자고 한 것 같아 나는 그러기로 했다.

좋아. 마리모도?

아니, 오늘은 너랑 둘이서만 만나려고. 할 말이 있어.

평범한 애가 들으면 '심쿵'할 소리다. 이렇게 말하면 마치 내가 평범한 애가 아닌 것처럼 보이는데, 사실 난 다른 사람이 생각하는 만큼 모미야마가 멋있다고 생각하지는 않는다. 내가 그렇게 생각한다는 걸 아마 모미야마도 느끼고 있을 거다.

모미야마는 키가 크고, 운동도 잘하고, 공부도 아주 잘하고, 예쁜 데다가 시원시원한 성격에 웃기기까지 해서 인기가 많았다. 내년에 이 학년이 되면 신입생 여자아이가 고백하러 올지도 모른다.

반면에 모미야마와 친한 마리모는 여자아이들이 별로 좋아하지 않았다. 마리모는 테니스부에 들어갔지만 선배들과 잘 맞지 않았는지 두 달 만에 그만뒀다.

우리는 셋이 친하다기보다는 모미야마와 마리모가 친한데, 자리가 가까웠던 내가 끼어든 모양새였다. 둘은 초등학교도 같고 집도 가까워서 소꿉친구 같은 관계였다.

한 시간 뒤, 놀랍게도 모미야마가 수제 젤리를 들고 우리 집으로 왔다. 초록색 상자에 하트 모양의 초록색 젤리가 가지런히 들어 있었다. 상자 색과 젤리 색을 통일한 점이 왠지 인상 깊었다.

"맛있겠다. 무슨 젤리야?"

"키위 젤리. 만들기 쉬워."

"너 요리도 해? 대박."

"아니, 이건 요리라고 할 정도는 아냐."

"사실 엄마가 만드신 거 아냐?"

내가 장난스레 물었다.

"아냐."

모미야마는 부정했다. 그렇구나, 나는 기껏해야 밥을 랩에 싸서 냉동실에 넣는 게 다인데.

우리는 젤리를 먹으면서 거실에 편하게 앉아 있었다. 오늘 마사오 씨는 일하러 나갔고, 나나 씨는 병원에 정기 검진을 받으러 갔다.

나는 정면에 앉은 모미야마의 얼굴을 바라보았다. 예쁜 얼굴이라고 생각하면서. 내 시선을 알아챈 모미야마가 히죽 웃었다.

"왜?"

"예뻐서."

솔직하게 말하자, 모미야마는 김빠진 눈으로 나를 봤다.

"그런 소리 하지 마. 난 내 얼굴 싫어."

"알아. 항상 하는 소리잖아."

정말 이상하다. 그러면 어떤 얼굴이 좋은 걸까? 모미야마 취향을 잘 모르겠다. 모미야마는 자기 젤리를 다 먹은 뒤, 선언하듯 딱 잘라 말했다.

"나도 내 얼굴이 예쁜 건 알아."

"와, 자기 입으로?"

내가 감탄하자 모미야마가 얼른 덧붙였다.

"하지만 난 얼굴이 예쁜 건 좋아하지 않아. 나, 사실 속이 엄청 더러우니까."

"흠."

무슨 뜻인지 잘은 모르겠지만, 모미야마에겐 중요한 고민인 것 같았다. 말없이 젤리를 먹고 있는데 피식하는 웃음소리에 고개를 들었다.

"넌 이럴 때 '아냐, 그렇지 않아.'라고 안 하네."

"앗, 아냐, 그렇지 않아."

"늦었어."

우리는 깔깔 웃었다. 그리고 같이 두 번째 젤리를 집었다.

"혹시나 싶어서 그러는데, '그렇지 않아.'라는 말을 꼭 듣고 싶었던 건 아냐."

"응, 넌 그런 애 아니잖아. 그래서 말 안 했어."

"그렇지. 넌 그런 말 안 하니까 좋은 거 같아."

"모미야마, 넌 좋아하는 사람 있어?"

"뭐? 켁켁."

모미야마는 당황했는지 사레가 들려서 연달아 기침을 했다.

"갑자기 왜?"

"그런 얘기 하러 왔나 싶어서."

모미야마는 내 눈길을 피했다. 아니라고 하지 않는 걸 보면 정말 그런 걸지도 모르겠다.

"참, 부모님은? 두 분 모두 일하신다고 했나?"

모미야마가 먼저 화제를 돌렸다.

"아, 그게……. 외출하셨어."

"응?"

내가 어정쩡하게 대답하자 모미야마는 내 눈치를 살폈다.

내가 나나 씨의 임신을 알게 된 건 유월 하순이었다. 벌써 한 달이 넘었지만, 모미야마나 마리모한테 얘기하지는 않았다.

"모미야마, 넌 형제가 어떻게 됐더라?"

"형제? 남동생 하나 있어."

"몇 살 차이야?"

"초등학교 사 학년이니까 세 살 차이."

"마리모는?"

"걘 외동이야. 너랑 같아."

실은 같지 않다. 두 사람은 나랑 초등학교가 달라서 나한테 쌍둥이 여동생이 있었다는 걸 몰랐다. 내가 말하지 않았으니까.

하지만 지금, 말해도 될 것만 같았다. 이런 기분은 처음이었다.

"그런 걸 왜 물어?"

모미야마가 다정하게 물었다. 아아, 말하고 싶다.

하지만 안 된다. 왜냐하면 노노 얘기를 한 뒤 동생이 태어날 거라는 말을 하면, 노노는 분명히 잊힐 것이다.

그러면 노노 얘기만 하면 어떨까?

그것도 이상했다. 곧 동생이 태어나는데 그 말은 하지 않고 옛날이야기만 한다는 건. 물론 나에겐 '옛날 일'이 아니지만, 다른 사람들에게는 옛날 일이다. 나나 씨도 요즘은 노노 이야기를 하지 않는다. 입덧으로 그럴 정신이 없기도 했겠지만.

그리고 그런 이야기를 하려면 마리모도 같이 있어야 할 것 같았다. 한 사람에게만 먼저 이야기를 하면 형평성에 맞지 않으니까. 어쩌면 모미야마도 비슷한 생각을 해서 나한테 아무 말도 안 하는 건지 모른다.

"마리모도 먹고 싶지 않을까? 이거."

내가 화제를 돌렸다.

"그래. 내가 가져다줄게."

모미야마가 하나 남은 젤리를 보며 말했다. 그때 나나 씨한테 '이제 집으로 갈게!'라는 문자 메시지가 왔다.

"같이 가자."

내가 말했다. 나나 씨 배는 아직 살짝 볼록한 정도지만, 모미야마는 예리해서 눈치챌 수도 있으니까.

모미야마는 우리 집에 왜 온 걸까? 나는 걸으면서 생각했다. 모미야마는 야릇한 면이 있었다. 알 듯 말 듯한 느낌.

"마리모는 왜 히키를 괴롭힐까?"

나란히 걸으면서 내가 물었다. 모미야마가 "어?" 하고 깜짝 놀랐다. 그리고 내 시선을 피하며 대답했다.

"그런 걸 왜 물어?"

아까 했던 말과 똑같았지만, 분위기는 전혀 달랐다.

"너한테 묻고 싶어서. 물으면 안 돼?"

"뭔가 좀 화난 거 같은데?"

"내가 무슨 화가 났다고."

하긴, 어쩌면 나는 좀 화가 나 있던 것 같다. 마리모가 아니라, 모미야마에게.

"나, 얼마 전에 히키와 얘기했어."

"무슨 얘기?"

"마음속에 상상의 친구가 있다는 얘기."

힛키 마음속에 있는 상상의 친구 수우. 슬프거나 용기가 필요할 때 그런 친구에게 의지하고 싶은 마음을 나는 아주 잘 안다.

예를 들면, 노노. 이 세상에 태어나지 못한 내 귀여운 여동생. 노노가 같이 있다면……. 그런 상상은 해도 된다고 생각했다. 다만, 내가 슬프지 않으려고 하다가 주변의 '진짜 사람들'을 조금 슬프게 만들 수도 있었다. 현실보다 상상을 우선한다는 건 위험이 따르는 법이다. 내가 맨날 노노 얘기만 한다면 분명히 나나 씨와 마사오 씨가 많이 걱정할 테니까.

그래서 나는 이쪽에 있다. 가끔 저쪽으로 갈 때도 있지만.

어쩌면 마리모도 힛키를 보면 나처럼 슬퍼지는 게 아닐까? 문득 그런 생각이 들었다.

"거짓말은 나쁘지만, 상상 속에 소중한 누군가가 있다는 건 별로 이상하다고 생각 안 해. 그러니까 너무 심술궂게 굴면 안 돼."

모미야마가 얼굴을 찌푸렸다.

"왜 나한테 그래? 마리모한테 직접 말해."

맞는 말이다. 이건 약은 행동이었다. 하지만 나도 그럴 만한 이유가 있었다.

"내가 마리모한테 이런 말을 하면 마리모가 당장 나를 따돌릴걸? 하지만 너한테는 그러지 않을 거고. 않는 게 아니라 그러지 못하겠지. 아마 네가 없으면 마리모가 교실에서 따돌림당할 거야. 분명해."

모미야마가 절망적인 눈빛으로 나를 보았다.

나는 알고 있었다. 모미야마가 마리모와 둘이 있는 게 버거워서 나를 친구로 받아들였다는 걸. 모미야마한테 나는 틀림없이 '편리한 네네짱'이었을 거다. 그렇지만 아무리 힘들다 해도 아마 모미야마는 마리모를 배신하지 못할 것이다.

짤그랑 짤그랑.

갑자기 들려온 소리에 우리 둘은 반사적으로 걸음을 멈추고 돌아봤다. 등이 굽은 할머니가 자동판매기 앞에서 동전을 떨어뜨린 소리였다. 모미야마는 곧바로 뛰어가서 할머니가 동전 줍는 걸 도와드렸다. 양이 많지 않아서 나는 가만히 있었다.

모미야마가 돌아오자 내가 말했다.

"착하네."

"착하긴. 네가 더 착해."

"왜? 뭐가?"

"히키 마음을 잘 알잖아."

"그건……."

내가 막 대답하려는데 앞쪽 모퉁이에서 한 여자가 돌아 나오는 모습이 보였다. 유모차를 밀고 있었다.

갑자기 숨이 가빠졌다. 나는 모미야마 팔을 붙잡고 억지로 가던 길을 바꾸었다. 깊숙한 안쪽 길까지 모미야마를 끌고 갔다. 모미야마는 당황한 듯했지만 그냥 따라와 주었다.

"뭐야? 왜 그래?"

"이 길로 가자. 그렇게 하자."

나는 부지런히 앞장서 걷기 시작했다. 뒤에서 조금 전의 그 할머니 목소리가 들렸다.

"어머, 쌍둥이? 귀여워라."

이럴 때, 노노가 필요하다. "괜찮아, 언니." 그렇게 말해 줄 동생이.

그러니까 절대 옛날 일로 할 수 없었다. 아니, 하고 싶지도 않았다.

"나, 실은 동생이 있어."

나는 모미야마에게 노노 얘기를 털어놨다. 내 마음속에서 항상 같이 살고 있는, 눈에는 안 보이는 내 여동생 얘기를. 모미야마는 말없이 들어 주었다. 내 이야기를 다 들은 뒤, 모미야마가 미소를 지으면서 말했다.

"그렇게 중요한 이야기, 처음 들어."

"히키와 나는 아이돌이나 애니메이션 캐릭터에 빠진 애들과 다르지 않아. 단지 소중히 여기는 게 다르다고 할까……."

"개성 같은 건가?"

"응. 개성이라서 공감을 얻기 힘들어. 히키가 수우 얘기를 하는 것처럼, 나도 실은 노노 얘기를 친구들과 하고 싶어. 그러면 노노가 진짜로 있다는 생각이 더 들 수도 있고……. 하지만 그러지 않는 거야."

"왜?"

"다른 친구들은 노노한테 관심이 없다는 걸 아니까."

두 눈에 살짝 눈물이 맺혔다. 순간 그리운 냄새가 두둥실 날아왔다.

"근데, 난 너한테는 관심이 있어."

모미야마가 말을 이었다.

"그건 네가 소중히 여기는 사람한테도 관심이 있다는 뜻 아닐까?"

그런가……. 그럴지도 모르겠다.

마리모 집에 도착할 때까지 나는 모미야마에게 노노 얘기를 많이 했다. 그리고 새로 생긴 동생 얘기도 했다. 하지만 마리모에게는 말하지 않을 거다. 마리모를 싫어한다거나 믿지 못하겠다는 게 아니라, 어쩌다 보니 모미야마에게 얘기하고 싶은 타이밍이었을 뿐이다.

느낌대로 행동하면 되는 거 아닐까.

배니싱 트윈?

구월이 되자 나나 씨 배가 제법 커졌다. 이제 완전히 임신부로 보였다. 배뿐 아니라 가슴도 커진 듯했다. 내 기분 탓일 수도 있어서 인터넷에 검색해 보았다. 나나 씨한테 직접 물을 수도 있지만 가족과 가슴 이야기를 하는 게 왠지 불편했다.

검색했더니 이렇게 나왔다.

"임신 오 개월 차부터는 '안정기'에 접어드는데, 몸 전체에 피하 지방이 붙어서 체형은 통통하고 둥그스름해진다."

피하 지방! 나나 씨가 피하 지방을 손에 넣었다! 나나 씨의 임신부 능력치는 나날이 레벨 업 중이다.

나나 씨가 보여 준 임신 십육 주 차 초음파 사진엔 아기 머리와 몸의 형태가 뚜렷했다. 남동생인지 여동생인지는 아직 모른다. 남동생이 좋을 것도 같고, 여동생이 좋을 것도 같다. 어느 쪽이 좋은지 정해 버리면 혹시 아니었을 때 미안한 마음이 들 것 같아서 정하지 않기로 했다.

"아기가 귀여운지 잘 모르겠어요. 엄마가 될 수 있을까요? 불안해요."

소파에서 휴대폰을 보던 나나 씨가 불쑥 그런 말을 했다.

"뭐?"

옆에 앉아 팥 맛 아이스크림을 먹다가 무심결에 되물었더니, 나나 씨가 빙긋 웃었다.

"요즘 임신부들 블로그를 보고 있어."

"재밌어?"

"뭐, 그냥. 참고가 돼. 임신, 출산 모두 십사 년 만이고, 이전과는 많이 달라진 거 같으니 정보를 얻어야지. 이건 '가요 엄마의 두근두근 임신, 출산 일기' 블로그야."

"거기에 그렇게 쓰여 있어? 아기가 귀여운지 모르겠다고?"

"블로그 글에 써진 댓글에."

나나 씨가 휴대폰 화면을 나에게 보여 줬다. 정말로 그렇게 쓰여 있었다. 누군가 가요 엄마의 블로그에 그런 댓글을 쓴 거다.

"정말이네."

"하지만 이 문장만 봐서는 확실하지 않아."

"뭐가?"

"그러니까, 귀엽지 않다는 게 주변에서 보는 아기들을 말하는지, 아니면 태어난 내 아기를 말하는지 모르겠다고. 남의 아기가 귀엽지 않다면 별로 걱정할 거 없어. 그런 사람들 의외로 많아. 하지만 그런 사람들도 자기 자식이라면 귀엽다고 생각할 수 있어. 마사오도 그랬어. 아기는 별로 안 좋아했었는데, 넌 예뻐하잖아."

마사오 씨가 아기를 안 좋아했다니 의외였다.

"내 아이가 안 귀엽기도 해?"

"그야 물론이지."

"그거 혹시 산후 우울증, 뭐 그런 거야?"

이전에 텔레비전에서 본 적이 있었다. 출산한 뒤에 호르몬의 변화로 정신이 불안정해져 큰일이라고 누군가가 말했다. 자식이 미워지기도 했다면서.

"그것 때문일 수도 있고, 그것과 관계없을 수도 있어."

"그럴 땐 어떻게 해?"

"뭘 어떻게 해? 키워야지. 낳은 책임이 있으니까. 시간이 지나면 괜찮아져."

조금 전까지 딱딱했던 아이스크림이 살짝 녹았다.

'책임'이라. 그러고 보면 책임의 '임' 자랑 임신의 '임' 자가 같은 한자던가? 그런 생각을 하면서 조금 말랑해진 아이스크림을 입에 넣었다.

여름 방학이 끝나고, 교실에서는 미묘한 변화가 일어났다.

간단히 설명하면 '마리모와 모미야마, 가끔 나'였던 세 명이 여름 방학을 기점으로 '나와 모미야마, 가끔 마리모'가 되어 가고 있었다. 모미야마에게 노노 얘기를 했더니, 우리 둘의 거리가 어쩐지 부쩍 가까워져 버렸다.

가까워져 버렸다, 고 내가 방금 말했다. 그렇다. 사실 이건 곤란한 일이었다. 싫은 건 아니지만……. 다만 가끔씩 마리모의 시선이 따갑게 느껴졌다.

내가 달라졌다기보다는 모미야마가 나를 대하는 태도가 미묘하게 바뀌었다. 말로는 잘 표현하지 못하겠다. 이건 아침 하늘의 색이 어느새 서서히 밝아지는 듯한 변화니까. 셋이 있을 때 모미야마가 마리모 눈보다 내 눈을 보는 시간이 아주 조금 길어진 듯한 느낌. 그런데 우리의 마리모는 변화에 민감하다.

오늘 점심시간에 마리모가 모미야마에게 일요일에 같이 쇼핑하러 가자는 이야기를 하고 있었다. 나한테는 가자고 안 하면서 굳이 내 앞에서 그런 이야기를 꺼내는 건 마리모가 자신감이 없어졌기 때문일 거다.

내가 부러워하기를 바라는 건지, 나를 괴롭히고 싶은 건지, 아니면 모미야마를 독점하고 싶은 건지. 어쩌면…… 이것들 전부일지도.

"네네도 갈래?"

이렇게 말할 것 같지만 하지 못하는 모미야마는 가자는 말 대신 내 눈을 보며 곤란한 듯 미소 지었다.

모미야마는 동아리 활동이 있어서 하교는 같이하지 못했다. 그렇다고 내가 마리모와 둘이 하교하느냐, 하면 그런 일은 없었다. 마리모가 어떻게 느낄지는 잘 모르겠지만.

나는 마리모가 싫은 게 아니라 오히려 좋아하는 편이었다. 하지만 아무리 좋아하더라도, 단둘이 친하게 지낼 수 있느냐는 다른 문제였다. 그런 일은 없을 것 같았다.

만약 노노가 있었다면 모미야마와 마리모와 같이 넷이서 친해졌을까?

나는 가끔 노노가 나오는 꿈을 꾸지만, 사실 별로 좋아하지 않았다. 눈을 떴을 때 노노가 없는 현실이 더욱 선명해지기 때문이었다. 그러다 얼마쯤 지나면 다시 희미하게 노노가 '있는' 느낌이 들었다. 어릴 때 꿈이나 책에서 보았던 이야기, 현실과 기억이 흐릿하게 뒤섞여 구별하지 못하게 된 것과 조금 비슷했다.

"혹시 '배니싱 트윈'일까?"

"배니……, 뭐?"

"배니싱 트윈."

처음 듣는 말이었다. 쌍둥이는 영어로 트윈즈. 그 둘 중 한 명은 트윈이다. 힛키는 책과 만화를 좋아하고 많이 읽는 편이라 아는 것도 많았다.

요즘 우리는 자주 같이 하교하게 됐다. 집 방향이 달라서 도중까지지만. 작게만 들렸던 힛키 목소리가 요즘은 잘 들리는 것만 같았다. 목소리 크기가 달라지지는 않았을 텐데, 내가 익숙해진 걸까?

"그게 뭔데?"

"배니싱 트윈은 현상 이름이야. 쌍둥이 중 한 명이 뱃속에서 사망했을 때, 자궁에서 사라지는 경우가 있대. 배니싱(Vanishing)은 사라지는, 소실하는, 그런 의미야."

"소실? 소실이라니?"

"자궁에 흡수된다고 쓰여 있었어."

흡수……. 노노는 아니다. 태어날 때의 사고였다고 들었다. 노노는 열 달 동안 나와 같이 나나 씨 뱃속에 있었다.

그 어쩌고 트윈은 분명히 임신 초기 얘기가 아닐까. 왜냐하면 '소실'이 아니니까. '흡수'가 아니니까.

우리한테 적용되지 않는다는 걸 알아도 왠지 내 마음이 물결처럼 출렁거렸다.

"근데 그런 일이 왜 생겨?"

"원인은 모르는데 쌍둥이나 세쌍둥이는 엄마에게 부담이 커서 엄마와 아기의 몸과 생명을 지키기 위해, 즉 아주 없어지는 걸 막으려고 그런 현상이 일어난다는 말이 있대."

어떻게 그런……. 나는 아무 말도 나오지 않았다. 블랙홀에 빠지는 것만 같았다.

"……나 때문에 노노가 죽었다고?"

내가 간신히 내뱉자, 힛키의 눈이 휘둥그레졌다.

"내가 언제……?"

"돌려 말했어."

"아니, 안 했어."

"했어!"

소리치는 나를 보고, 힛키는 흠칫한 표정이었다.

"……미안. 그런 뜻은 아니었는데, 말을 잘못한 것 같아. 인터넷에서 우연히 본 거고, 정말인지 확실하지도 않은 정보니까. 그걸 모리, 너한테 말한 나도 생각이 짧았어."

우리는 말없이 얼굴을 보지 않고 잠시 걸었다. 얼마 뒤 내가 걸음을 멈추자, 힛키도 바로 멈춰 섰다.

어쩌면 힛키는 나에게 노노 얘기를 듣고, 일부러 찾아봤을 수도 있다. 그리고 처음으로 힛키가 자진해서 나를 '모리'라고 불렀다. 한 자 한 자 길게. 왜 하필 이럴 때…….

내가 화를 내 버린 게 조금 우스워지고 말았다.

"나도 미안해. 하지만 노노는 배니싱 트윈이 아니야. 태어나다가 사고가 난 거니까. 노노는 소실되지도 않았고, 흡수되지도 않았어."

내가 힛키 얼굴을 보지 않고 앞만 응시한 채 사과하자, 옆에서 안심하는 기척이 났다. 그래서 나도 마음이 놓였다.

그렇게 우리는 처음 다투고 몇 걸음 채 못 가서 화해했다.

나는 그대로 잠시 그 자리에 서 있었다. 그런데 기다려도 아무

일도 일어나지 않았다.

"이상해."

"뭐가?"

나는 힛키를 돌아봤다.

"노노 냄새가 안 나."

"어?"

"이런 느낌이 드는 일이 있으면 항상 노노 냄새가 나는데. 지금은 힛키 냄새만 나."

"뭐? 나, 냄새나? 잘 씻는데."

힛키는 농담이 아니었는지 코에 자기 팔을 대고 킁킁거렸다. 혹시 누군가가 냄새난다고 말한 적이 있기라도 한 걸까?

노노, 네 생각은 어때? 귀를 기울여도 오늘은 노노 목소리가 전혀 들리지 않았다.

그러고 보니 요즘 힛키도 교실에서 수우 이야기를 잘 하지 않는다는 생각이 불현듯 들었다.

그날, 나나 씨와 마사오 씨는 순산을 기원하러 절에 갔다.

임신부는 임신 오 개월째에 접어들면 열두 띠 동물 중 '개'에 해당하는 술일(戌日)에 순산을 기원하러 절에 가서 기도를 하는 모양이었다.

나는 평일이라 학교에 가야 해서 같이 못 가고, 나나 씨와 마

사오 씨 둘이서 갔다. '바른 남편'인 마사오 씨는 나나 씨에게 개
와 거북이와 학이 수놓인 귀여운 복대를 선물했다.

"왜 술일이야? 고양이 날이면 안 돼? 술일, 그러니까 개의 날
이 뭐야?"

내가 물었다. 우리 집은 반려동물을 키울 수 없지만, 마사오
씨와 나나 씨 둘 다 어릴 때 고양이를 키웠다. 마사오 씨 고양이
는 '모모'이고, 나나 씨 고양이는 '니보시'다. 둘 다 고양이를 좋
아해서 고양이 날이 더 좋을 것 같았다. 나나 씨가 웃으면서 설
명해 주었다.

"이건 열두 띠 동물 얘기라서 고양이는 없어. 날짜에도 동물이
있어서 십이 일마다 술일이 한 번씩 돌아와."

"흐음."

"개는 새끼를 많이 낳고 출산도 쉬워서 순산의 수호신이래. 그
래서 술일에 절을 올리는 거야."

임신부는 꽤나 바빴다. 삼 개월이 되면 이런 걸 하고, 오 개월
에는 저걸 준비해야 하고, 반대로 몇 개월이 지나면 하면 안 되
는 것들도 여러 개 있었다. 나나 씨는 초밥과 회를 아주 좋아하
는데 임신부가 날생선을 먹으면 안 좋다나. 나는 놀랐지만 나나
씨는 '그런 건 상식'이라면서 아무렇지 않아 했다.

"절에 가서 뭐 했어?"

"마사오가 사 준 이 복대를 깨끗이 닦았어."

나나 씨는 복대를 소중하게 쓰다듬으면서 말했다.

"너희 때 이런 걸 별로 열심히 안 해서, 이번에는 제대로 하자는 생각이 들었어."

"나랑 노노 때?"

"응. 그때는 무서울 게 없었거든."

"지금은 무서워?"

"……그렇지. 무서운 일도 있지."

힛키가 했던 말이 떠올랐다. 배니싱 트윈.

"노노 생각 나?"

내 물음에 나나 씨는 "그렇지."라고만 대답했다.

"근데 노노는 사라져 없어진 게 아니지?"

노노는 소실된 게 아니다. 분명히 나와 같이 살아 있었다. 지금도 나와 나나 씨랑 마사오 씨의 마음속에 있다.

나나 씨는 내 눈을 보고, 다음에 복대를 보고, 그리고 자신의 커다란 배를 만졌다. 잠시 후 나나 씨는 슬픈 얼굴로 미소 지으면서 작은 목소리로 말했다.

"노노는 죽었어."

그건 알지만……. 내 말과 나나 씨 말은 왠지 조금 어긋나 있었다. 그 '어긋남'을 말로 하려니 나는 왠지 울음이 터질 것만 같았다.

어쩔 수 없지. 나와 나나 씨는 가족이지만 엄연히 다른 사람이니까. 하지만 만약 쌍둥이 여동생이 태어나 있었다면 이런 '어긋남' 없이, 마음이 완전히 통하지 않았을까?

"미안해."

나나 씨는 웃고 있었지만, 눈에서는 당장이라도 눈물이 쏟아질 듯했다.

"동생을 제대로 낳아 주지 못해서."

있잖아, 노노. 내가 네 얘기를 하면 나나 씨는 그렇게 생각하나 봐. 너한테만 미안한 게 아니라 나한테도 미안하다고. 그렇다면 나는 나나 씨를 힘들게 하고 있던 건지도 몰라.

그렇게 생각한 적은 없었다. 나나 씨도 내가 노노 얘기를 하는 걸 좋아한다고 생각했다. 아니, 물론 나나 씨가 정말 좋아할 수도 있다. 하지만 그게 전부가 아닌지도 모른다.

나는 처음으로 반대의 가능성을 깨닫고 세상이 바뀌는 듯한 충격을 받았다.

나와 나나 씨는 그대로 둘 다 입을 다물었다. 잠시 후 나나 씨 얼굴을 봤더니 평소의 눈으로 돌아와 있었다.

"네네, 있잖아. 저번에는 말 안 했는데."

나나 씨가 조금 정색하고 말해서 나도 모르게 자세를 고쳐 바르게 앉았다.

"그때 마사오 얘기만 해서 잘못했다는 생각이 들어서, 나도 솔직하게 말할게."

나는 긴장했다.

"뭐를?"

"나도 마사오처럼 실은 아기를 별로 좋아하지 않았어."

"……어?"

"강아지나 고양이는 귀엽다고 생각했어. 하지만 사람 아기는 별로 귀엽다고 생각하지 않았어. 어디가 귀여운지 잘 모르겠더라고. 뭐, 솔직히 지금도 그런지 몰라."

그 말을 듣고 생각해 보니 나나 씨가 아기를 보고 귀엽다고 하는 걸 한 번도 들어 본 적이 없었다.

"더 솔직히 말하면 결혼을 해도 아이는 낳지 않으려고 했어. 그런 부부도 많이 있고."

"그렇구나."

다른 할 말이 없었다. 그러면 난 어떻게 태어나 여기에 있는 걸까?

나나 씨는 내 의문에 답하듯 말을 이었다.

"우연히 아이가 생겼을 때, 그러니까 너희 말이야. 그때 나는 낳아서 키워야겠다는 생각밖에 없었어. 너희가 태어나기 전부터 아주 많이 사랑했어. 그건 정말 아주아주 운이 좋았던 일이야."

"그렇지 않은 사람도 있다는 거야?"

"아마도. 그러니까 너도 잘 생각해 봐."

나는 우선 고개를 끄덕였다. 잘 모르지만, 내가 잘 모른다는 걸 알았으니까.

"그때가 되면 잘 생각할게."

"응. 그리고 낳은 다음에라도 도저히, 도저히 키우지 못하겠다는 생각이 들면 거기에 맞는 행동을 하자."

"거기에 맞는 행동?"

"일단 적합한 곳에 도움을 요청해야지. 그게 책임이라는 거 아닐까?"

"흐음."

잘은 모르겠지만 나는 나나 씨가 아이를 가질 생각이 없었다는 얘기를 듣고도 전혀 충격을 받지 않았다. 그 말은 아마 우리가 행복한 모녀라는 거 아닐까? 아닌가?

내일 학교에 가서 힛키에게 물어봐야겠다.

노노의 세계

나나 씨가 롤케이크를 만들었다. 폭신폭신한 빵에 바나나가 통째로 들어 있었다.

"이거 봐, 네네. 맛있겠지?"

나나 씨가 흥분된 목소리로 말했다. 나는 못 들은 척하면서도 롤케이크는 먹고 싶어서 어떻게 기분을 풀지 생각하고 있었다.

기분이 상한 건 마사오 씨가 방 정리를 시작했기 때문이다. 방 정리 자체는 물론 바람직하지만…….

어느 날부터인가 마사오 씨가 옆방에서 부스럭거리기 시작했다. 필요 없는 물건을 버릴 것과 놔둘 것, 바자회에 내놓을 것, 다른 사람에게 줄 것, 보류 등으로 나누고 있었다. 나는 그런 마사오 씨를 한동안 지켜보다가 드디어 오늘 물었다.

"근데 왜 청소해?"

마사오 씨는 내 마음을 아는지 모르는지(아마 모를 것이다.) 아무렇지 않게 대답했다.

"동생이 태어나면 그 애 방으로 써야지. 네네, 시간 있으면 좀 도와줘."

"돕고 싶지 않아."

"어?"

"싫어어어."

"뭐어?"

마사오 씨가 깜짝 놀란 얼굴로 나를 쳐다봤다.

임신 육 개월에 접어든 나나 씨는 발이 자꾸 붓는다고 했다. 그러면서도 뱃속 아기한테 음악도 자주 들려주고, 그림책도 읽어 주었다. 아기는 벌써 그런 걸 이해한다나.

나나 씨의 쉬는 시간이 늘어난 만큼 마사오 씨가 바빠졌다. 아기 침대, 유모차 등 커다란 물건을 사러 나갔다. 인터넷에서 사면 좋을 텐데 "직접 눈으로 봐야 해."라면서 먼 동네에 있는 대형 가구점까지 다녀왔다. 아직 배달은 안 됐지만 아기 침대는 분명히 이 방에 놓이겠지.

이 방은 내가 태어난 뒤 계속 창고였다. 원래 노노 방으로 할 계획이었을 거다. 직접 들은 건 아니지만 내 방과 넓이도 같고 구조도 똑같다. 우리 집 배치도를 생각해 보면 위치상으로도 내 방의 '다른 한 짝'이라는 느낌이다. 물론 내가 멋대로 생각하는 거지만.

물론 노노는 세상에 없으니까 그 방은 새로 태어날 동생이 써야 한다. 하지만 나는 알면서도 쉽게 받아들여지지 않았다.

계속 깜짝 놀란 얼굴을 하고 있던 마사오 씨가 갑작스러운 제안을 했다.

"그럼, 다음 주 연휴 때 셋이 여행 가자."

그러고는 씩 웃었다. '그럼'이라니, 대체 뭐가 '그럼'이라는 걸까? 나는 대답하지 않고 부엌으로 향했다.

접시 위에 잘라 놓은 롤케이크가 두 개 있었다. 마사오 씨랑 내 거인가? 나나 씨는 어디 갔지? 나는 롤케이크를 가만히 바라보았다.

잘린 단면이 왠지 일본어 글자 '노(の)'처럼 보였다. 하얀 생크림과 노란색 빵, 한가운데 바나나가 잘 어우러져 균형을 이루고 있었다.

나는 식탁에 턱을 괴고 롤케이크를 빤히 보았다. 그러자 롤케이크가 말을 하기 시작했다.

"네네, 여행이래. 잘됐네."

그러더니 롤케이크의 '노(の)'에서 검은 팔다리가 쑥쑥 솟아났다. 그리고 그 다리로 접시 위에 오도카니 일어섰다.

"넌 누구야?"

내 물음에 '노(の)'는 접시 위에서 기운차게 뛰며 대답했다.

"노노야."

"노, 노?"

"우응……."

대답하는 목소리가 이상하다 싶더니, '노(の)'는 어느새 거의 나만큼 커져 있었다. 어라, '노(の)'의 둥근 구멍 부분에서 검고 긴 것이 쓱 나타났다. 크림 속에서 나온 것은 머리카락이었다. 그 중심에 사람 얼굴이 보였다. 나는 비명을 질렀다. '노(の)'의 구멍에서 툭 떨어진 목.

나와 똑같은 얼굴이었다.

の

눈을 번쩍 떴다.

온몸이 땀범벅이었다. 안 좋은 꿈이었던 것 같다. 눈에 보이는 게 익숙한 천장이라서 안도했다……. 응? 익숙한 천장?

틀림없이 여기는 내 방이었다.

"언제까지 잘 거야? 지각한다!"

방 밖에서 나나 씨 목소리가 들렸다.

"빨리 일어나, 노노."

뭐? 나는 서둘러 침대에서 벌떡 일어나 방문을 벌컥 열었다.

"아, 깜짝이야."

나나 씨가 눈이 휘둥그레져 나를 보고 있었다.

"일어났으면 대답 좀 해."

"방금 뭐라고 했어?"

"일어났으면 대답 좀 해."

"그전에."

"······빨리 일어나, 노노?"

내가 얼어붙어 있자, 나나 씨는 어이없어하면서 "잠이 덜 깼니?" 하고 되물었다.

내가······ 노노라고?

정말 잠이 덜 깬 건지도 모른다. 다시 정신을 차려 보려 했다.

"좋은 아침, 나나 씨."

"뭐?"

나나 씨가 의아한 얼굴을 했다.

"얘 좀 봐, 나나 씨라니. 엄마 더는 못 받아 줘."

"어? 엄마?"

나나 씨가 자신을 '엄마'라고 부르는 건 처음이었다. 평소에는 자연스럽게 '나'라고 하는데.

"엄마라니, 좀 이상해."

"뭐가 이상해? 항상 엄마라고 부르잖아."

나는 머리를 좌우로 흔들었다. 일단 그렇다고 해 두는 게 좋을 듯했다. 그래, 항상 엄마라고 부르지. 나는 마지못해 수긍했다.

"루루루 루우루우."

나나 씨는 이상한 노래를 부르면서 복도를 걸어갔다.

루루루 루우루우. 나도 속으로 따라 부르면서 교복으로 갈아입었다. 거울 속 나를 보며 평소와 똑같다고 생각했다.

"루루루 루우루우."

나는 노래하면서 부엌으로 가려다 문득 걸음을 멈추었다.

"이 방, 뭐지?"

내 방의 옆방. 이 방은 누가 쓰고 있더라? 이상하네. 생각이 안 나. 왠지 느낌이 심상치 않았다. 문손잡이를 잡으려고 하는 순간.

"노노! 얼른 밥 먹어!"

나나 씨, 아니지, 엄마 목소리가 정말 화난 것처럼 들려서 나는 허둥지둥 부엌으로 갔다. 엄마는 여전히 노래를 흥얼거리고 있었다.

"그 노래, 무슨 노래였더라? 들어 본 거 같은데."

"글쎄. 제목이 '루루루'였던가."

"흐음. 노래 좋은데? 루루루 루우루우."

"루루루 루우루우."

우리는 같이 불렀다.

학교에서 돌아왔을 때 집에는 아무도 없었다. '엄마'와 '아빠'는 '부모 학교'라는 데 갔다. 그리고 돌아오는 길에 같이 밥을 먹고 온다고 했다.

엄마는 임신 중이었다. 이제 불과 삼 개월쯤만 지나면 아주 나이 차가 많이 나는 동생이 태어난다. 형제가 생긴다는 게 처음이라서 아주 설레었다. 아기는 과연 어떨까?

오늘 둘이 간 '부모 학교'는 출산이나 양육에 관한 조언도 받고, 비슷한 시기에 출산할 사람들과 친해지고, 아기 인형을 이용한 체험 학습 등이 가능한 곳이라고 했다. 두 사람이 애를 처음 키우는 건 아니지만, 아빠가 가 보고 싶다고 해서 엄마가 "하는 수 없네." 하고 함께 갔다.

그래서 오늘 저녁은 나 혼자다.

"루루루 루우루우."

쓸쓸하지는 않지만 괜히 흥얼거려 본다.

엄마가 만들어 놓은 햄버거를 먹는데 내 방 쪽에서 무슨 소리가 들리는 것 같았다. 조금 무서워져서 만일을 위해 과도를 손에 쥐고 방 쪽으로 다가갔다. 문 앞에서 귀를 기울였다.

"루루루 루우루우."

오늘 아침, 엄마가 부르던 그 노래가 들렸다.

"누, 누구야?"

"루루루 루우루우."

노래는 옆방에서 들렸다. 엄마 목소리는 아니었다. 나는 땀나는 손으로 과도를 고쳐 쥔 다음, 다른 한 손으로 방문을 살며시 열었다.

"루루루 루우루우."

불이 꺼져 있었는데도 방 안이 신기할 만큼 잘 보였다.

거기에는 교복을 입은 여자아이가 있었다. 뒷모습뿐이었지만 한눈에 봐도 우리 학교 교복이라는 걸 알 수 있었다. 같은 학교 아이? 우리 집에 몰래 침입한 건가?

하지만 아니었다. 고개를 돌린 그 애는…… 나와 완전히 똑같은 얼굴이었다.

"도, 도플갱어?"

도플갱어를 본 사람은 죽잖아! 그런데 그 애가 슬픈 얼굴로 미소 지으며 말했다.

"잊었어? 나, 네네야."

"네네……?"

"너의 쌍둥이 언니, 네네."

"무슨 소리야?"

무슨 말인지 모르겠다. 나한테 쌍둥이 자매 따위는 없다.

그 애는 동정하는 듯한 눈빛으로 나를 쳐다봤다.

"잊어도 하는 수 없지. 계속 떨어져 있었으니까. 널 탓하지 않을게."

무슨 소리를 하는 걸까. 전혀 모르겠다. 머리가 어질어질했다.

"하지만 가끔은 노노가 날 떠올려 주면 좋겠어……."

목소리가 이상해지는가 싶더니, 그 애는 '펑' 하는 소리와 함께 사라졌다. 풍선이 터지듯.

동시에 주변이 어둠에 휩싸였다. 아니, 어두워진 것은 내 마음인지도 모른다.

마음이 절망과 슬픔으로 가득했다. 눈물이 계속 흘렀다. 머릿속이 엉망진창이었다.

"날 두고 가지 마."

왠지 그런 생각이 들었다. 간절하게.

の

눈을 뜨자 접시에 나란히 놓인 롤케이크 두 개가 보였다.

선잠이 들었나 보다. 나는 꿈을 꾸었고, 울고 있었다. 식탁 위의 휴지로 눈물을 닦았다.

"안 잊어."

내 이름은 모우리 네네. 모우리 집안의 장녀. 같이 태어나지 못한 소중한 여동생 이름은 노노.

"어떻게 잊어."

거기는 분명히 내 마음속이다. 거기서 노노는 살아 있다. 나와 다른 또 하나의 세계에서. 그 세계에서 창고 방은 노노 방이고, 나나 씨는 엄마고, 마사오 씨는 아빠고, 노노는 날 잊고, 자기 인생을 걸어가려고 하고 있다.

나는 그 세계를 향해서 계속 말을 걸었던 거다. 이렇게 내가 계속 생각하면, 그 세계는 존재하는 것과 마찬가지다. 적어도 내 안에서는.

날 두고 가지 마. 내 마음속의 노노는 그렇게 소리쳤지만, 두고 간 것은 어느 쪽일까. 날 두고 먼저 천국에 간 것은 노노잖아. 하지만 나나 씨 뱃속에 노노를 두고 온 건 나인지도 몰라.

꿈속에서는 나와 노노가 왠지 뒤섞인 느낌이었다. 그건 이상하다기보다 마음이 놓이는 감각이었다.

롤케이크, 먹어야지. 그리고 다 먹으면 마사오 씨를 도와서 방을 제대로 치워야지. 분명히 노노라면 그래야 한다고 말할 것만 같았다.

"사실은 후쿠오카에 가고 싶은데, 좀 멀어서."

후쿠오카는 할마님이랑 외할아버지가 살고 있는 곳이다. 임신한 나나 씨한테는 조금 힘든 거리였다.

오늘은 마사오 씨가 빌려 온 자동차를 타고 근처 온천에 가기로 했다. 임신부도 중기가 되면 온천에 가도 괜찮은 모양이었다. 오히려 마음이 편안해지는 효과가 있고, 냉증이나 요통에도 좋다고 했다. 단, 넘어져서 배를 부딪히면 큰일이니까 누군가가 같이 있어야 했다. 누군가라는 건 이런 경우 물론 나를 말한다. 철두철미한 마사오 씨가 임산부에게 좋은 온천수의 성질을 미리 찾아본 모양이었다.

"외할아버지 집은 이 애가 태어나면 넷이 가자."

뒷좌석에서 나나 씨가 말했다.

"너희가 내 뱃속에 있을 때도 마사오랑 둘이서 여행을 간 적이 있어."

"오오, 그랬구나. 몰랐어."

"그게 우리 둘이 간 마지막 여행이었지?"

"그랬지."

그렇구나. 내가 태어난 뒤 가족 여행에는 항상 내가 있었으니까. 왠지 방해하는 거 같네.

"마찬가지로 네네와 나나, 나, 이렇게 셋이 여행하는 건 어쩌면 이게 마지막일지도 모르지."

"음, 그렇네."

세 사람의 마지막 가족 여행이라. 그렇게 생각하자 괜히 감상에 젖어 들었다.

"나와 그 애가 어른이 되면 둘이 다시 여행 다니면 되잖아."

그러자 두 사람은 백미러 너머로 서로를 쳐다보며 웃었다.

"그건 먼 훗날 얘기네."

"하지만 금방이야, 분명. 눈 깜짝할 사이."

"그러겠지. 참, 네네."

마사오 씨가 조수석의 나를 향해 말했다.

"이름 정했어."

"아기 이름?"

"응. 그전에 나나가 중대 발표를 할 거야."

뒷자리를 돌아보자, 나나 씨가 빙긋 웃었다. 어라? 나나 씨가 이렇게 예뻤나? 왠지 가슴이 두근거렸다.

"여자애래."

"와! 그렇구나. 잘됐다."

"사실은 더 전에 알았어."

"넌 분명히 여동생을 원했을 거야. 그렇지?"

마사오 씨는 다 꿰뚫고 있다.

"응. 말은 안 했지만, 사실은 그래."

나의 두 번째 여동생이다. 우리의 여동생. 앞으로는 세 자매.

노노, 여동생이 생겼어.

"한자 없이 루루."

마사오 씨가 말했다.

"루루……?"

"응. 어때?"

마사오 씨는 조금 걱정스럽게 물었다.

"얼마 전에 불현듯 생각났는데 너희가 뱃속에 있을 때 나나가 자주 부르던 노래가 있어. 그때 여행하면서도 자주 흥얼거렸어."

나도 생각이 났다. 꿈속에서 들은 노래.

"루루루 루우루우."

내가 노래하자 나나 씨가 깜짝 놀랐다.

"맞아, 그 노래! 내가 얘기한 적 있었나?"

"응, 뭐. 그래서 루루라고 지은 거야?"

"응. 그 노래를 들었을 때 '루'라는 소리가 아주 아름답게 울리는 것 같았어."

나는 눈을 감고 "루루" 하고 소리를 내 봤다.

"마음에 들어."

말미잘과 흰동가리

수족관에 가고 싶다는 말을 꺼낸 사람은 마리모였다.

"말미잘이 보고 싶어."

분명히 그렇게 말했다.

말미잘? 나와 모미야마는 바로 와닿지 않았다. 돌고래나 펭귄이 아니고? 어쩐지 마리모답지 않은데? 예를 들면, 힛키가 말미잘을 보고 싶다고 하면 왠지 이해될 것 같았다. 물론 이런 소리를 하면 힛키한테 실례일 수도 있고, 말미잘한테 실례가 될 수도 있다.

"안 될 건 없는데……."

모미야마는 당황하면서 대답했다.

그때 나는 살짝 짜증이 나 있었다. 마리모가 수족관에 가자고 하는 게 분명 모미야마한테만 하는 소리로 들렸으니까. 여름 무렵부터 마리모는 가끔 그런 식으로 나오곤 했다.

"나도 가도 돼?"

내가 지나가는 투로 묻자 모미야마는 당연히 나도 포함된다고 생각했던 모양인지 놀란 얼굴로 대답했다.

"당연하지."

그런데 마리모는 미묘한 얼굴로 "안 될 건 없는데."라고 중얼거렸다.

없는데, 뭐? 나는 되묻는 대신에 살짝 웃었다.

아무리 마리모가 나한테 쌀쌀맞더라도 나는 교실에서 마리모, 모미야마와 함께 다니고 있다. 왜일까?

모미야마나 힛키와 있을 땐 기쁘기도 하고 마음이 따뜻해지기도 하지만, 마리모와 있을 때는 마음이 더 복잡해진다. 그게 뭐랄까, 어떤 때는 싫다가도 어떤 때는 기분이 좋았다. 익숙해져 버렸다고나 할까. 마리모가 쌀쌀맞게 굴면 오히려 귀엽게 느껴져서 괜히 더 한마디 거들고 싶어졌다.

모미야마도 나와 비슷하게 마리모에게 그런 복잡한 감정을 느끼는 것 같았다.

아주 흥미롭다, 우리의 모리 마리모.

머지않아 여동생이 태어난다는 걸 아직 마리모한테는 얘기하지 않았다.

임신 칠 개월 차에 들어선 나나 씨가 극심한 요통을 호소했다. 나나 씨의 골반에 나날이 무럭무럭 성장하는 루루의 무게가 더해져서 커다란 스트레스가 되고 있던 것이다.

마사오 씨가 일하는 정형외과에 임신부의 몸에 부담이 안 되는 임신부 물리 치료 과정이 있는 모양이었다. 물론 나나 씨는 집에서 마사오 씨에게 공짜로 받고 있었다.

내가 태어났을 때, 즉 십사 년 전에 마사오 씨는 아직 대학생이라서 물리 치료사 면허증을 가지고 있지 않았다. 만약 미래에 루루가 태어날 것을 예상하고 마사오 씨가 물리 치료사가 된 거라면 아주 굉장한 일이다. 하지만 그럴 리는 없고, 단순한 우연이다.

십사 년 전에는 나와 노노, 두 사람 무게였기에 단순히 생각해도 분명히 요통은 지금보다 더 심했을 터다. 내가 그 말을 했더니 나나 씨는 고개를 저었다.

"아니었던 거 같은데. 그땐 열네 살 더 어렸으니까."

"지금이 더 힘들어?"

"글쎄. 그렇지도 않은 것 같고."

"대체 어느 쪽이야?"

나는 웃어 버렸다. 나나 씨는 요즘 뭐든 분명하지가 않았다. 항상 단호하고 시원시원하게 말하는 사람이었는데.

"지금 나나가 피곤해서 그래. 나나, 내가 물리 치료사라서 행운이지?"

마사오 씨가 나나 씨 발을 마사지하면서 말하자 나나 씨가 대답했다.

"정말 행운이야. 받으러 다니려면 이게 다 돈인데."

"진짜 행운은 나지만."

"어? 왜?"

내 물음에 마사오 씨가 씩 웃었다.

"그야 물론 나나한테 도움이 되니까."

정말, 마사오 씨는 바른 남편이다. 친할머니와 친할아버지가 그걸 예측하고 이름을 마사오라고 지은 거라면 그거야말로 굉장한 일이다.

나나 씨와 마사오 씨가 서로 쳐다보며 빙긋 웃었다. 두 사람에게서 행복한 분위기가 점점 진하게 느껴졌다. 아기라는 건 신기하다. 아직 태어나지도 않았는데 이렇게 대단한 존재감이라니.

일요일.

미리 찾아봤더니 말미잘은 영어로 '시 아네모네(sea anemone)', 바다의 아네모네다. 참고로 독일어로는 '바다의 장미', 일본어로는 '물가의 주머니'였다. 그 이름도 나름 나쁘지 않지만, 물가에 피는 꽃 이름이었어도 예뻤을 텐데.

"뭐?"

꽃 이름을 검색해 보려고 휴대폰을 열었다가 충격적인 메시지를 보고 순간 할 말을 잃고 말았다. 모미야마가 몸이 안 좋아서 오늘 말미잘 투어에 같이 못 가겠단다. 세상에, 출발한 다음에 알리면 어쩌라고!

> **네네, 마리모와 둘이 귀찮아?**

모미야마가 나한테만 몰래 메시지를 보내 왔다. '귀찮아'라니, '괜찮아'겠지? 모미야마가 이런 어이없는 오타를 낸다는 건 몸이 많이 안 좋다는 의미다.

나는 씩씩하게 답장을 보냈다.

> **괜찮아!**

마리모는 약속 장소에 오렌지색 코트를 입고 언짢은 얼굴로 서 있었다.

"왜 이렇게 늦게 와."

"미안."

반사적으로 사과부터 한 뒤 시계를 봤더니 아직 약속 시간 전이었다.

"열한 시 아니었어? 아직 이 분 남았어."

마리모는 새침하게 하늘을 올려다보며 못 들은 척을 했다.

"오늘, 정말로 가?"

마리모가 안 내키듯 말하자 나도 조금 짜증이 났다.

"네가 말미잘 보고 싶다고 해서……."

"그렇긴 한데."

무슨 말이 하고 싶은지 안다. 모미야마 없이, 마리모와 나, 둘이 정말 갈 건지 묻는 거였다. 왜냐면 난 모미야마의 덤이니까. 갑자기 다 부질없게 느껴졌다.

"싫으면 됐어. 나, 그냥 갈게. 너 혼자 가면 되겠네."

내가 화를 내자 마리모는 당황한 눈치였다. 평소에 나는 마리모한테 화내지 않으니까.

"내가 왜 혼자 가냐."

마리모는 내가 돌아가게 내버려둘 수는 없는지 내 팔을 붙잡고 죽죽 잡아당겼다.

"전부터 궁금했는데, 마리모, 넌 왜 그렇게 자기중심적이야?"

내 말에 마리모가 화들짝 놀란 얼굴로 멈춰 섰다. 귀여운 얼굴이 상처받은 듯 일그러졌다. 좀 심했나 하는 생각이 들었다. 마리모는 나를 붙잡고 있던 손을 놓고, 그 손으로 자기 머리카락을 만졌다. 마리모가 당황했을 때 하는 버릇이다.

"네네, 그렇게 생각했었어?"

마리모가 내 이름을 부르는 건 자주 있는 일이 아니었다.

"다 그렇게 생각할걸."

나는 웃는 얼굴로 대답했다. 어쩌면 성격이 나쁜 건 마리모가 아니라 나인지도 모른다.

"그래도 나나 모미야마는 너랑 있는 게 좋으니까 쌀쌀맞은 소리 안 했으면 좋겠어."

"쌀쌀맞은 소리라니⋯⋯?"

마리모가 정말 모르겠다는 표정이었다. 나는 마리모가 모를리 없다고 생각했지만, 그냥 솔직하게 말해 주었다.

"그러니까, 내가 오자마자 '오늘, 정말로 가?'라고 퉁명스럽게 말하면 나랑은 안 가고 싶은 거라고 느껴지잖아."

내가 타이르듯 말하자, 마리모는 커다란 눈을 더 크게 뜨고 "미안." 하고 사과했다.

"그리고 모미야마랑 나랑 셋이 있을 때, 모미야마랑 둘이서만 약속 잡는 것도 그만했으면 좋겠어. 기분 나빠. 너무 무심한 거 아니야?"

결국 마리모는 울음을 터뜨렸다.

마리모를 달래면서 우리는 우선 전철을 탔다. 이대로 헤어지면 나중에 모미야마가 자기가 안 온 탓이라고 생각할 수 있어서, 일단 가장 가까운 수족관에 가기로 했다.

샐쭉해져 입을 다물고 있던 마리모는 입구 근처에 전시된 펭귄을 보고 그럭저럭 기분이 풀린 것 같았다. 나는 안도했다.

마리모가 보고 싶어 했던 말미잘은 다음 수조에 있었다.

"촉수가 왠지 섹시하지 않아?"

마리모가 유리 너머의 말미잘을 보면서 괜히 목소리를 낮춰 말했다. 나는 마리모의 목소리가 오히려 섹시하다고 생각하면서 조그맣게 대답했다.

"그래? 어디가?"

"네가 스스로 생각해 봐."

"흠. 근데 의외로 인기가 있나 봐, 말미잘이."

말미잘이 있는 수조 주변에는 생각보다 사람들이 많이 모여 있었다.

생물에 휴대폰을 가져다 대면 이름을 알려 주는 편리한 어플이 있는데, 수족관 안에서 무료 체험 중이라서 시험해 봤다. 이 말미잘은 '꽃 해변 말미잘'이었다. 말미잘에도 자연스럽게 꽃이라는 글자가 붙어 있던 거다. 인터넷으로 봤을 때보다 훨씬 화사해 보였다.

내가 말미잘을 보며 새삼 감탄하는데 옆에서 마리모가 "무슨 말미잘이 인기가 있겠어."라며 고개를 저었다.

"모두 니모, 그러니까 흰동가리를 보러 온 거야. 말미잘 주위엔 꼭 흰동가리가 있잖아."

그건 안다. 흰동가리가 나오는 애니메이션도 봤고.

"공생 관계라고 했었나? 흰동가리한테는 말미잘 독이 안 듣는 댔지?"

"왜 안 듣는지 알아?"

내가 모른다고 답하자, 우리의 마리모 선생님이 의기양양하게 가르쳐 줬다.

"흰동가리가 몸에서 분비하는 끈끈한 점액 성분이 말미잘 점액과 비슷하대. 그래서 말미잘은 흰동가리를 먹이로 인식 못 해. 다시 말해 말미잘은 흰동가리한테 속고 있는 거야."

"호오. 흰동가리는 영리하구나."

"그건 아니지. 점액 성분이 비슷한 건 우연이지. 운이 좋았던 거야."

"하지만 흰동가리는 그걸 이용하는 거잖아."

내가 지적하자 마리모는 입을 다물었다. 잠시 조용히 수조를 보고 있다가, 이윽고 목소리를 낮춰 말했다.

"말미잘은 흰동가리가 없어도 그냥 살아갈 수 있대."

"흠……."

우리가 그 수조 앞에서 움직일 생각을 안 하자, 뒤쪽에 있던 대학생으로 보이는 사람들과 어린아이를 데리고 온 가족 세 무리가 우리를 비껴서 지나갔다. 마리모는 수조에 가만히 얼굴을 가져다 댄 채 무슨 생각을 하는지 알 수 없는 표정을 지었다.

"하지만 흰동가리도 말미잘이 없으면 바로 천적에게 들켜서 먹힐지도 몰라."

마리모는 목소리가 꽤나 높은 편이었다. 귀여운 목소리지만 말투가 조금 끈적해서 반 아이들이 뒤에서 험담하기도 했다. 아까부터 '점액 성분'이라는 말이 내 머릿속에 착 달라붙은 느낌이었다.

그런 생각을 하며 말없이 서 있자 마리모가 옆에서 계속 자신만의 '말미잘론'을 펼쳐 냈다.

"흰동가리는 말미잘 덕분에 안전하지만, 수족관에는 천적이 없으니까 조금 사정이 다르다고 봐. 흰동가리 덕분에 말미잘이 사람들 관심을 받잖아. 그러니까 여기서는 말미잘이 득을 보는 거지."

"하지만 말미잘이 사람들 관심을 받고 싶어 할까?"

"나, 모미야마 좋아하는 거 같아."

뭐? 나는 조금 놀라서 마리모의 옆얼굴을 빤히 쳐다봤다.

"……어?"

"그러니까, 모미야마가 좋다니까."

"……나도 모미야마 좋아해."

"그런 게 아니라."

우리는 잠시 말없이 수족관 길을 따라 걸었고, 거대한 수조 안에 하늘하늘 떠다니는 하얀 해파리 떼를 보면서 모미야마 이야기를 이어 갔다.

"모미야마는 착해서 너한테 말을 걸었을 거야. 내 마음을 알아채고 나랑 둘이 있고 싶지 않아서."

그게 착한 건가……? 나야말로 이용당한 느낌이었다.

그 여름날, 모미야마는 이 말을 하려고 나한테 찾아왔던 걸까? 그때의 젤리가 해파리와 질감이 조금 비슷했던 것 같기도 하고. 나는 해파리를 보면서 멍하니 생각했다.

약 반년이 넘는 시간 동안, 우리 셋은 항상 무언가 부자연스러웠다. 그 원인을 깨달은 기분이 들었다.

나는 천천히 숨을 들이쉬었다 뱉은 뒤, 마리모에게 말했다.

"나, 그룹에서 빠질까 봐."

그룹이라는 단어는 왠지 좀 아닌 거 같았지만, 달리 표현할 말이 없어서 일단 써 봤는데 역시 굉장히 위화감이 들었다. 내 말에 마리모가 멈칫한 느낌이 들었지만 돌아보지 않았다. 대답도 없었다.

"넌 모미야마와 둘이 다니면 되지 않을까? 난 히키와 둘이 다닐게."

"……왜 그런 심술궂은 소리를 하는데?"

마리모가 또 울기라도 하면 곤란해서, 나는 신중한 목소리로 다시 말했다.

"그러면, 히키가 쓸쓸해 보이면 우리 쪽으로 불러도 돼? 항상 그러자는 건 아니고. 히키는 혼자 있는 것도 좋아하는 거 같으니까."

마리모는 별로 내키지 않은 눈치였다. 하지만 자기가 싫은 내색을 한 걸 순간적으로 깨닫고는 슬며시 반성하는 듯해서 나는 모르는 척하기로 했다.

마리모는 내 발을 내려다보면서 답했다.

"좋아."

"그러면 셋이 있을게. 앞으로도."

거래 성사다. 우리는 악수를 했다. 마리모의 손이 축축했다.

수족관 매점에서 모미야마에게 줄 선물로 말미잘 인형을 고르면서 내가 말했다.

"나 있잖아, 좀 있으면 여동생이 생겨."

"응. 모미야마한테 들었어. 여자애구나."

나는 조금 충격을 받았다.

"알고 있었어? 그럼 노노 얘기는?"

"뭐? 노노?"

마리모는 어리둥절해하더니, 작은 말미잘 인형을 나한테 들어 보였다.

"이거 괜찮지?"

"괜찮은 거 같은데?"

"근데 노노가 뭐야?"

"아무것도 아냐."

"에이, 뭐야."

마리모가 뺨을 부풀리며 토라진 척을 했다. 나는 힛키한테도 같은 인형을 선물하기로 마음먹었다.

모미야마 녀석, 이러니저러니 하면서도 결국 마리모를 좋아하는구나.

동생이 생긴다는 건 분명 그런 일일 것이다. 다시 말해, 굳이 숨길 일이 아니라는 것.

나나 씨의 출산 예정일까지는 앞으로 삼 개월하고 조금 더 남았다. 불현듯 생각나서 나는 작은 말미잘 인형을 하나 더 샀다.

마리모한테 노노 얘기는 하지 않았다. 그래도 될 것 같았다.

멋있는 이름

그날 아침, 마사오 씨의 커다란 목소리에 눈을 떴다.

잠옷에 카디건을 걸치고 허둥지둥 거실로 나갔더니 마사오 씨가 말 그대로 '펄펄' 뛰며 화를 내고 있었다. 팔 개월 차 임신부에게 그런 태도를 보이다니, 마사오 씨답지 않은 행동이었다.

"난 안 되고, 왜 학생은 되는데? 이상하잖아."

마사오 씨는 소파에 앉은 나나 씨에게 따지고 있었다.

"알았어, 거절할게. 그렇게 싫어할 줄 몰랐어. 미안해."

나나 씨가 빠르게 사과했지만, 마사오 씨는 대답하지 않았다.

"왜 그래?"

내가 물어보자 둘은 화들짝 놀란 얼굴로 돌아봤다. 그리고 서로 쳐다보더니 아무 말도 하지 않았다. 그러다 먼저 마사오 씨가 움직였다.

"늦겠어. 다녀올게."

그러곤 쓰레기봉투를 한 손에 들고 나가 버렸다. 오늘은 쓰레기 수거일이었다. 쓰레기 담당인 마사오 씨는 항상 출근하면서 쓰레기봉투를 들고 나간다. 쓰레기뿐 아니라 요즘은 여러 가지 집안일을 마사오 씨와 내가 분담하고 있었다.

"왜 그래? 싸웠어?"

나나 씨에게 물어보자 설명해 주었다.

나나 씨는 이전부터 '출산 시 참관 없음'을 희망했다. 아기를 낳을 때 남편이나 다른 가족이 직접 옆에서 지켜보기를 원하는지 아닌지를 말하는 거다. 나나 씨가 왜 그걸 싫어하는지는 모른다. 물어봐도 가르쳐 주지 않았다. 나나 씨 나름의 사정이 있을지도 모르겠다.

마사오 씨는 내심 참관하고 싶었던 모양이었다. 자기 아이가 세상에 태어나는 순간을 나나 씨와 함께하고 싶었던 것이다. 마사오 씨다운 생각이었다. 하지만 낳는 사람의 생각이 우선이라며 단념했었다. 여기까지는 나도 알고 있는 내용이었다.

그런데 어제 병원에서 학생들에게 출산 과정을 견학시켜 주면 어떨지 제안을 받은 모양이었다. 학생이라는 건 근방의 아무 대학생이 아니라, 같은 병원의 의학부 학생들이었다. 다시 말하면 미래의 의사들. 물론 남자도 있다.

"그걸 승낙했어?"

나는 깜짝 놀라서 나나 씨에게 물었다.

"응. 괜찮지 않을까 싶었는데, 마사오가 막 화내잖아."

"에이, 싫지 않아? 모르는 사람들이야. 남자도 있고. 애 낳을 때 밑에는 벗고 있어야 하잖아."

"의대생들이야. 공부를 위해서고, 수개월 뒤에는 의사일 수도 있어.”

나나 씨는 태연했다. 진심인 걸까?

“하지만 그러면 마사오 씨도 참관하고 싶어지잖아.”

내가 마사오 씨 편을 들자, 나나 씨가 어깨를 움츠렸다.

“그래. 내 생각이 짧았어. 아직 제대로 대답한 거 아니니까 괜찮아. 거절할게.”

“그럼 됐네. 근데.”

나는 의견이 받아들여지자 좀 우쭐해져 나나 씨에게 물었다.

“왜 의대생은 괜찮고, 마사오 씨는 안 돼? 보통은 그 반대 아니야?”

그러자 나나 씨의 얼굴색이 달라졌다.

“보통이 뭔데?”

“어?”

“난 굳이 보통이 아니어도 돼. 난 나니까.”

나나 씨는 연극 대사 같은 말투로 대화를 마무리 짓더니, 수건을 개기 시작했다.

다음 날, 나는 교실에서 힛키에게 그 이야기를 했다.

“그런 일이 있었어?”

“응. 힛키 넌 태어날 때 아빠가 참관하셨어?”

“글쎄. 우린 형제가 많아서 일일이 참관하지 않으셨을 거 같은데. 잘은 모르지만."

생각해 보니 난 힛키의 형제자매가 얼마나 되는지 몰랐다.

"넌 형제가 어떻게 돼?"

"오 남매."

"와, 많다."

내가 아는 친구 중 가장 많았다.

"그중 몇째야?"

"오빠와 언니가 있고, 나, 밑으로 남동생과 여동생."

"우아! 다 있네. 위아래로 완벽해. 다 몇 살 차이야?"

"다 두 살 차이. 그러니까 오빠가 고등학교 이 학년, 언니가 중학교 삼 학년, 내가 일 학년이고, 남동생이 초등학교 오 학년, 여동생이 삼 학년이야."

"와, 굉장히 규칙적이야."

"계획적이라는 게 느껴지지."

나와 루루는 몇 살 차이가 될까. 내가 열네 살이고, 루루는 내년에 태어나는데, 태어난 해는 한 살이니까, 그게, 그러니까, 열네 살 차이가 되나? 머릿속으로 열심히 계산하는데 힛키가 덧붙였다.

"근데 위로 두 명과 아래 세 명은 아빠가 달라."

"엇, 그래? 재혼하신 거야?"

"응. 그래서 초등학생 때는 그걸 설명하는 게 싫어서 남매 이야기는 안 하려고 했어. 같이 등교 안 하려고 한 적도 있고."

"남매도 복잡하구나."

그러자 힛키는 갑자기 뭔가 떠오른 듯 '앗' 하고 입가에 손을 가져다 댔다.

"맞다. 그래서 사실은 남매 중 누군가와 하던 걸 수우와 하고 있었다고 반 친구한테 이야기한 게 수우의 시작이었던 거 같아."

수우. 힛키의 마음속에 있는 친구다. 오랜만에 수우 이름을 들은 듯했다. 요즘 힛키는 수우 이야기를 잘 하지 않게 됐다. 그건 내 영향이라고, 반 친구들이 뒤에서 수군거리는 걸 우연히 들었다. 실제 친구가 생겨서 상상 친구는 필요 없어진 거라고.

왠지 수우한테 미안해졌다. 나 때문에 없어진 불쌍한 수우.

"……수우는 어떤 애야?"

내가 조금 숙연한 분위기로 물어보자, 반대로 힛키는 산뜻하게 대답했다.

"글쎄. 이제 생각이 잘 안 나."

"무슨 얘기 해?"

이때 마리모가 말을 걸어 왔다.

얼마 전까지는 상상도 못 할 일이었다. 교실에서 마리모가 힛키에게 말을 건다는 건. 나는 마리모 뒤에 있던 모미야마를 힐끔 본 뒤 대답했다.

"아이 낳을 때 참관하는 것에 대해서."

내 설명에 마리모가 모미야마에게 물었다.

"모미야마는? 선배가 참관하는 거 괜찮아?"

우리 셋은 무심코 모미야마를 바라보았다. 멍하니 있던 모미야마는 바로 정신 차리고 조금 짜증 난 듯 대답했다.

"몰라."

"음. 시시해. 히키는 알아? 모미야마 남친."

"아니, 잘 몰라."

"이시다 선배. 육상부 이 학년."

말미잘 투어를 하고 며칠 뒤에 나와 마리모는 모미야마에게서 남자 친구가 생겼다는 소식을 들었다. 정말 깜짝 놀랐다.

이시다 선배는 멋있고 꽤 눈에 띄는 사람인지 순식간에 소문이 돌았다. 이 학년 선배들이 '이시다 여자 친구'를 보러 우리 교실까지 오기도 했다. 나는 이시다 선배는커녕, 소프트볼부와 육상부가 교내에서 어떻게 활동하는지도 잘 모른다.

더구나 여름부터 사귀기 시작했다나. 나와 마리모는 전혀 몰랐다.

모미야마는 예쁘고, 똑똑하고, 성격도 좋다. 나나 마리모는 언젠가 이런 날이 올 걸 분명히 예상하고 있었을 거다.

마리모는 울지 않았다. 아니, 이미 울었는지도 모르지만.

그리고 마리모는 힛키한테 자주 말을 걸게 됐다. 모미야마에게 남자 친구가 생긴 일과 마리모가 힛키한테 말을 걸게 된 일이

서로 복잡하게 얽혀 있다는 사실을 알아챈 사람은 틀림없이 나밖에 없을 것이다.

모미야마 가방에 달린 말미잘 인형을 볼 때마다 가슴 아픈 느낌도 들지만, 단순히 기분 탓일 수도 있다. 별로 깊이 생각하지 않기로 했다.

반 편성이 앞으로 삼 개월 하고도 조금 더 남았다. 루루가 태어나면 세 사람에게 이야기하게 될 것 같다.

그날 저녁, 집 근처 오락실에서 우연히 마사오 씨를 봤다. 유행이 지난 게임기만 잔뜩 있는 곳으로 유명한 오락실이었다. 마사오 씨는 악어 잡기 게임을 하고 있었다. 일렬로 나란히 늘어서서 번갈아 나오는 악어를 망치로 두드려 점수를 얻는 단순한 게임이었다. 동물을 때리는 게임이라니, 조금 불쌍한 느낌도 든다. 마사오 씨는 지금 죄 없는 악어를 때릴 정도로 스트레스가 쌓인 거다.

마사오 씨가 게임을 마치고 나오다 나와 눈이 딱 마주쳤다.

"으악, 네네."

"응. 이제 가?"

"응……. 나나한테는 비밀이다."

"알았어. 하지만 말해도 괜찮지 않을까? 진짜 악어도 아니고."

"어?"

"악어 잡기 게임 말이야. 나나 씨는 '동물 학대 반대!'라고 소리치진 않을 거야."

"아니, 그런 게 아니라."

"농담이야, 농담."

나는 슈퍼에 갔다가 돌아가는 길이었다. 우유와 세제 등 무거운 물건을 이것저것 샀던 참이라, 무거운 쪽 봉지를 마사오 씨한테 건넸다.

"마사오 씨도 악어를 때리고 싶어지는 일 정도는 있겠지."

마사오 씨는 어깨를 축 늘어뜨리고 힘없이 걸었다. 내가 다시 말했다.

"오늘 아침 이야기 말야, 나와 노노 때는 참관했었어?"

"아니. 너희는 쌍둥이라서."

'쌍둥이였으니까'가 아니라 '쌍둥이라서'라고, 마사오 씨는 제대로 말해 줘서 좋았다. 안 그러면 내가 쌍둥이라는 사실이 점점 희미해지는 느낌이니까. 힛키는 수우를 잊어도 나는 노노를 잊을 수 없었다.

"쌍둥이는 대개 자연 분만이 힘든가 봐."

"그러면 어떻게 하는데?"

"제왕 절개 수술을 해."

"제왕, 절개?"

"제왕이 절개하는 게 아니라, 제왕 절개. 수술로 아기를 꺼내는 방법이야."

"……그때 이미 노노 심장은 멈춰 있었어?"

"응. 정말 슬픈 일이지만, 그건 하늘의 뜻이니까."

"어쩌면 멈춰 있던 건 내 심장일 수도 있던 거지?"

노노는 일분일초도 이 세상에서 살지 못했다. 죽음을 무서워할 틈도 없었을 거였다. 어쩌면 이렇게 불공평할까, 정말로.

마사오 씨는 짐을 들지 않은 손으로 내 머리를 툭 건드렸다.

"하늘의 뜻이야."

그렇구나. 마사오 씨는 스스로 그렇게 타이르며 노노 일을 극복한 것인지도 모른다. 극복했다고 할지, 단념했다고 할지. 그 두 개는 조금 비슷하다.

"제왕 절개는 참관 못 해?"

"할 수 있는 곳도 있는데, 나나가 출산한 병원은 참관 불가였어. 하긴 가능했더라도 거절당했겠지만."

그럼 마사오 씨는 이번이 첫 참관의 기회라는 거다.

"왜 싫은지 나나 씨한테 물어봤어?"

"말하고 싶지 않대."

"응. 나한테도 그랬어."

"찾아볼까? 세상 사람들이 뭐라는지."

마사오 씨는 주머니에서 휴대폰을 꺼냈다.

"'출산, 참관, 싫어'로 검색해 보자."

"오호, 뭐래?"

마사오 씨가 검색해서 나온 글들을 읽었다.

"출산할 때의 통증으로 얼굴이 붉으락푸르락해진다. 이성을 잃은 모습을 남편한테 보여 주기 싫다."

아하.

"배에 힘주다가 방귀가 나올 수 있다."

나나 씨 방귀 소리는 들은 적이 없었다. 마사오 씨 것은 들은 적 있지만.

"배에 힘주다가 똥도 나올 수 있다."

똥이라. 그건 보여 주기 싫을 수도.

"결과적으로 더는 여성으로 안 보일 수도 있어서 불안하다."

붉으락푸르락한 얼굴과 이성을 잃은 모습, 방귀와 똥을 보여 주게 되면 여성으로 보이지 않게 된다고……?

"왜 여자로 안 보여?"

"그런 걸 보면 로맨틱한 기분이 사라져서 그런 게 아닐까?"

"그렇구나."

"난 나나가 방귀 뀌고 똥을 싸도 똑같을 자신이 있지만, 안 그럴 수 있다는 것도 이해해."

마사오 씨는 씁쓸하게 웃으며 덧붙였다.

"그게 나나가 참관를 거부하는 이유라고 확신할 수 없지만."

"나나 씨는 마사오 씨가 여자로 봐 주기를 원하는 걸 수도 있겠네.”

“그러니까, 그런 사람들도 있다는 거야. 나나 마음이 가장 중요한 거고.”

“하지만 대학생들이 견학하는 건 좀 그래.”

“솔직히 정말 완전 싫지.”

유난히 감정이 담겨 있었다. 나나 씨, 사랑받고 있구나. 조금 감동해 버렸다.

“나도 나나 씨 모습을 다른 사람이 보는 건 좀 싫을 거 같아. 우리가 속이 좁은 걸까?”

“나나가 너무 넓은 거지. 하지만 그게 나나 장점이니까.”

“맞아. 그리고 나나 씨가 생각이 짧았다고 했어. 거절한대.”

이미 나나 씨가 메시지를 보냈는지, 마사오 씨는 “그래.” 하고 고개를 끄덕였다.

그리고 우리는 잠시 말없이 걸었다. 신호등이 바뀌기를 기다리면서 서 있을 때, 마사오 씨가 불쑥 입을 열었다.

“넌 왜 우리를 이름으로 불러?”

“어?”

“어릴 때는 엄마, 아빠 하고 제대로 불렀잖아.”

제대로……? 아무렇지 않게 나온 말에 나는 왠지 충격을 받고 말았다.

“싫었어? 이렇게 부르는 거?”

"아니, 그런 뜻은 아니야. 그냥 이유가 궁금해서."

이유는 있었다. 하지만 말하고 싶지 않았다. 아! 나나 씨도 같은 기분이라서 이유를 말하고 싶지 않은 건지도 모르겠다.

나도 초등학교 저학년 무렵까지는 나나 씨와 마사오 씨를 엄마, 아빠라고 불렀다. 그 무렵에 나는 가끔 나보다 노노가 이 세상에 태어났으면 좋았을 거라고 생각하곤 했었다. 그래서 노노한테 미안한 마음이 들었다. 나만 학교에서 즐겁고, 나만 맛있는 걸 먹고, 나만 여기저기 놀러 가고, 나만 엄마 아빠 사랑을 독차지하고.

노노는 엄마 아빠라고 단 한 번도 부르지 못했다. 그런데 나만 그래도 될까. 나만의 엄마 아빠가 아닌데. 이런 생각을 나나 씨와 마사오 씨한테 말하면 "노노 몫까지 많이 불러 주면 돼."라고 말할 거다, 분명히.

하지만 이건 단순한 문제가 아니었다. 그래서 말하지 않았고, 앞으로도 말하지 않을 생각이었다. 중학생이 된 지금은 더 이상 그렇게 생각하지 않지만, 이제 와서 호칭을 바꾸기엔 늦어 버린 것 같았다.

"바른 남편, 멋있는 이름이니까. 나나 씨는 부드럽게 들려서 좋아."

이 말도 사실이긴 하다. 정확한 이유는 아니지만. 아마 마사오 씨도 알아챌 것이다.

"루루가 태어나면 엄마 아빠라고 부르게 할 거야? 아니면 어머니 아버지?"

"글쎄. 하지만 네네가 이름으로 부르면 따라 할지도 모르지."

"알았어, 아버지."

"엇."

"오늘부터 아버지야."

"……그렇게 부르니까 왠지 서운한데. 그냥 마사오 씨로 돌아갈까."

"아이참."

신호가 파란색으로 바뀌어서 우리는 웃으며 횡단보도를 건넜다. 나는 마사오 씨의 등을 힘껏 쳤다.

"어머니와 화해하셔, 아버지!"

가족사진

아이돌인 후지모리 린고가 임신을 발표한 건 알고 있었다. 출산 예정일이 마침 나나 씨와 비슷하다고 집에서 얘기가 나온 적도 있었다.

후지모리 린고가 어떤 아이돌인지 솔직히 잘 몰랐다. 멤버가 열두 명 있는 아이돌 그룹 중 한 명으로 긴 머리에 마르고 눈이 커서 귀여운 상이었다. 하지만 아이돌들은 거의 다 '긴 머리에 마르고 눈이 커서 귀여운 인상'이고, 이렇다 할 특징이 없어서 외우기가 쉽지 않았다. 단지 '린고'라는 이름이 눈에 띄어서 다른 멤버보다 아주 조금 더 알고 있을 뿐이었다.

임신 발표 후, 후지모리 린고는 곧바로 아이돌 그룹에서 탈퇴하고 결혼을 했다. 그걸 나쁘게 말하는 사람도 있었다. 결혼 상대가 매니저였다는 점도 일부 팬들을 실망하게 만든 원인 중 하나인 모양이었다. 뭐, 그런 건 아무 상관 없다.

반에서 화제가 된 건 후지모리 린고가 임신 구 개월 차가 된 자신의 배를 찍은 사진을 SNS에 올린 뒤였다.

"뭔가 좀 징그럽지 않냐?"

"외계인 같아."

"저런 거 굳이 안 올려도 되는데."

"처지잖아."

SNS에 올라온 후지모리 린고 사진은 꼭 필요한 부분만 가린, 거의 전라였던 모양이다. 남자애들은 사진을 보면서 끝끝내 불평만 쏟아 냈다. 커다란 배에는 'Welcome Baby'라는 글자와 꽃과 사과 그림이 그려져 있었다나. 아이돌을 좋아하는 마리모가 말해 주었다.

후지모리 린고가 아이돌을 탈퇴하기 전에는 반 남자애들에게 꽤 인기가 있었다. 그래서 모두 축하해 줄줄 알았는데, 예상치 못한 반응들이었다.

"너무해. 외계인이라니."

여자애들 몇 명은 불만을 터트리며 차가운 눈초리로 남자애들을 쳐다봤다.

"처지다니?"

내 물음에 마리모가 싸늘한 눈으로 쳐다봤다. 모미야마가 설명했다.

"시드는 것 같다는 거지. 그러니까, 기분이 그렇다고."

그런데 힛키가 이렇게 말했다.

"하지만 나도 만삭 사진을 SNS에 올리는 건 좀 그래."

나와 마리모는 고개를 갸웃했다. 같은 여자로서 부정적으로 말하면 안 되는 거 아닐까. 사실 성별은 관계가 없지만, 어쩐지 그런 생각이 들었다.

"왜?"

모미야마가 힛키에게 물었다.

"사진을 보고 불쾌해하는 사람도 꽤 있는 것 같고, 굳이 불특정 다수한테 보여 줄 필요 없는 것 같아서."

"불쾌해하는 사람은 마음이 좁고 어둡고 성격이 나빠서 그런 거 아냐?"

마리모가 딱 잘라 거푸 말했다.

"다른 사람의 행복을 기뻐해 주지 못한다는 거잖아."

거리낌 없는 마리모 말에 힛키의 까만 눈동자가 이리저리 흔들렸다.

"그, 그런가? 그럴 수도 있겠네……."

나는 모미야마한테 눈짓으로 도움을 요청했다. 모미야마는 잠시 생각한 다음 말했다.

"임신한 사람은 아무래도 몸이 보통 사람과 다르니까, 별로 보고 싶지 않은 사람이 있는 것도 이해는 가. 하지만 그걸 굳이 입 밖으로 낼 필요가 있을까? 주변에 임신한 사람이 있을 수도 있는데."

마리모와 힛키가 화들짝 놀란 얼굴로 나를 바라봤다.

"괜찮아, 신경 안 써. 오히려 나도 그렇게 막 편하진 않다고 해야 하나."

요즘 나나 씨의 배를 보면 조금 흠칫한다고 할지, 온갖 상상이 떠올라서 무서운 느낌이 들 때가 있었다. 물론 모미야마가 무슨 말을 하는지는 잘 안다. 아무렇게나 말하는 남자애들은 솔직할지는 몰라도 배려가 없다.

그런데 후지모리 린고는 몇 살일까? 내가 묻자 마리모가 곰곰 생각하다 말했다.

"스무 살이었나."

"뭐? 어리잖아."

내가 놀라자 모미야마가 웃었다.

"네네, 그 말, 엄청 어른 같아."

"스무 살이 뭐가 어려."

마리모가 불퉁하게 말했다.

"하지만 임신을 생각하면 어린 거 같아. 우리가 열네 살이니까, 겨우 여섯 살 많은 거잖아."

그러고 보면 나나 씨가 우리를 임신했을 때 마사오 씨가 딱 그 정도 나이였을 거다. 지금 서른네 살이니까. 와, 마사오 씨 대단하구나.

힛키가 내 의견에 고개를 끄덕였다.

"그렇게 생각하면 정말 어린 거 같아."

"맞아. 그런데 다음은 음악 수업 시간이야. 음악실 가자."

모미야마가 우리를 자연스럽게 이끌었다. 우리 넷은 함께 음악실로 향했다.

마리모의 쨍한 분홍색 공책, 남자 친구가 생긴 모미야마, 힛키의 작은 목소리도 점점 익숙해져 간다.

그렇지만 반 편성까지 이제 불과 두 달 하고도 좀 더 남았다. 요즘 나는 반 편성 날을 자주 세곤 했다. 우리 학교는 학년마다 네 반이 있다. 내년에 우리 넷이 다 같은 반이 되는 건 확률적으로 어려울 것이다. 만약 넷이 같은 반이 된다고 해도 지금의 넷과는 다른 네 사람이 되어 있을 테니, 이렇게 같이 있는 일은 좀처럼 없을 것 같았다. '기간 한정'이라는 게 나름 좋은 점도 있었다. 조화가 안 되어도 괜찮으니까.

나도 그때쯤이면 여동생이 태어나서 지금의 나와 다른 내가 되어 있을 수도 있다.

집에 가자, 나나 씨가 '임신부 택시'를 예약하고 있었다.

임신부 택시란 출산 전에 진통이 크게 오거나 양수가 터졌을 때 연락하면 희망하는 산부인과까지 임신부를 신속하게 데려다 주는 택시 서비스다. 택시를 기다리는 사람들이 많아 혼잡해도 최우선으로 와 주고, 택시 기사님은 임신부를 대응하는 훈련도 미리 받아서 만약을 대비해 예약해 두면 안심이 된다. 그리고 퇴원할 때도 이용할 수 있다고 했다.

"우린 차가 없으니까."

"오래전에 있지 않았어? 파란색 차."

"어머, 기억하는구나. 아주 어렸을 때인데."

"어렴풋이 기억나."

나나 씨와 마사오 씨는 그 자동차를 몰았다. 뒷좌석의 영유아 카시트에서 운전석을 바라보던 기억이 희미하게 났다.

"결혼 전에 내가 중고로 샀는데, 이 동네는 차 없어도 괜찮은 것 같아서 처분했어."

"나나 씨 차였구나."

"응. 이십 대 후반쯤이었는데 그때 어느 정도 모아 놓은 돈이 있었어."

나나 씨는 프리랜서 웹 디자이너다. 주로 집에서 일을 했다. 대학생 때부터 아르바이트로 쭉 비슷한 일을 해 왔다고 예전에 들은 적이 있었다.

"마사오 씨는 더 어렸지?"

"마사오는 네가 태어났을 때 스무 살이었어."

"반대하는 사람 없었어?"

"정말 아무도 없었어. 마사오 부모님이 살아 계셨으면 반대하셨을까?"

또각또각 소리를 내며 발톱을 깎던 마사오 씨가 고개를 번쩍 들었다.

"아니, 반대 안 하셨을 거야."

마사오 씨는 단호하게 말했다.

"난 초등학교 때 아버지, 고등학교 때 어머니가 돌아가셔서 빨리 가정을 꾸리고 싶었어. 만약 두 분이 살아 계셨다면 내 결혼이 좀 늦어졌을 수도 있지. 아, 물론 그렇다고 해도 상대는 나나일 거야."

"그럼 안 돼. 그런 세계관이면 내가 안 태어났잖아."

내가 불평하자 두 사람이 동시에 웃었다.

"언제가 됐던, 부모가 나와 나나라면 당연히 네가 먼저 태어났을 거야."

"그렇지, 루루?"

나나 씨가 커다란 배를 쓰다듬으면서 행복하게 말했다.

편의점에 갔다가 돌아오는 길에 같은 반 요시다와 마주쳤다. 오늘 아침에 후지모리 린고의 만삭 사진을 보고 "처지잖아."라고 말한 인물이다. 솔직하지만 배려가 없는 남자애.

"아, 요시다."

"안녕."

요시다는 한 팔을 번쩍 들어 올리며 인사했다.

요시다네 집은 편의점 뒤편에 있는 건물이었다. 초등학교 고학년 때도 같은 반이던 적이 있었다. 그때는 솔직하지만 배려가 없다고 생각하지는 않았다.

"너희 엄마 임신하셨던데?"

"아, 응. 만났어?"

요시다 엄마와 나나 씨는 이른바 '아이 엄마'로 이어진 친한 친구다. 나와 요시다는 전혀 친하지 않아서, 엄마들끼리만 친해진 게 왠지 특이했다.

"얼마 전에 버스 정류장에서 마주쳤거든. 너희 엄마가 먼저 아는 척하셨는데, 처음에는 누군지 못 알아봤어. 살이 찌셔서 그런가?"

역시 솔직하지만 배려가 없다.

"아무래도 그렇지. 임신하셨으니까. 이제 두 달쯤 남았어."

"후지모리 린고와 비슷하네?"

"응, 그렇게 돼. 우리 엄마 보고도 쳐졌어?"

"뭐?"

요시다는 완전히 어리둥절한 표정이 되었다. 참고로 별로 친하지 않은 아이와 얘기할 때는 '나나 씨'라고 하면 잘 알아듣지 못해서 '엄마'라고 할 때가 많다.

"임신하면 쳐진다며? 아까 학교에서 그랬잖아."

"아, 들었냐? 야, 하지 마. 쳐진다니 하는 말."

요시다는 목소리를 낮춰 말하더니 얼굴을 굳혔다. 자기가 한 말이면서.

"아아, 그래. 나 갈게."

나도 기분이 상해서 먼저 걸음을 옮기기 시작했다.

"미안! 사과할게."

등 뒤로 진심으로 반성한 듯한 목소리가 들려서, 나는 돌아보지 않고 한 팔을 들어서 대답했다. 지금부터는 요시다를 솔직하지만 배려가 없는 남자애가 아니라, 배려는 없지만 솔직한 남자애라고 해 줘야겠다. 그건 같은 듯하면서 약간 다르다.

나나 씨한테 요시다 얘기를 하는 김에 만삭 사진 이야기도 했다. 오늘 마사오 씨는 늦게 출근하는 날이라서 아까 발톱을 깎고 지금은 출근했다.

"아, 요시다. 일주일 정도 전에 만나긴 했어. 처음엔 누군지 몰랐지만. 키가 많이 컸던데?"

"걔도 그 소리 했어. 누군지 몰라봤다고."

살쪘다는 것과 처진다는 건 없던 일로 해 두자.

"만삭 사진은 어떻게 생각해?"

"글쎄. 연예인들 생각과는 좀 달라서 그런지 모르지만, 인터넷에 올리는 건 나도 별로……. 임신을 하고 싶어도 못 하는 상황인 사람이 만삭 사진을 보면 마음이 안 좋거나 조급해질 수도 있을 거 같아."

"안 보고 싶은 사람들은 보지 않으면 되잖아."

"SNS는 원하지 않는 게 멋대로 나오기도 하니까. 그래도 자기

와 가족만을 위해서 찍는 건 괜찮지 않을까?"

"하지만 왜 그런 걸 찍어서 올리려고 할까? 인정 욕구라고 하나? 대단해."

그러자 나나 씨는 "올리고 싶냐 아니냐는 그렇다 치고, 찍고 싶은 마음은 이해해." 하고 말했다.

"아이를 낳고 나면 좀 쓸쓸해질 때가 분명히 있어. 그래서 아기가 뱃속에 있을 때 사진 찍어 두기를 잘했다고 생각하는 사람도 있나 봐."

나는 깜짝 놀랐다.

"쓸쓸해? 뭐가?"

"열 달 동안 계속 같이 있던 아기가 뱃속에서 없어졌다는 게 쓸쓸한 거야."

흐음. 별로 와 닿지는 않았다. 쓸쓸하다고 해도 이미 실제로 태어나 있는데……. 나는 생각하다가 흠칫했다.

노노는 태어나지 못했잖아.

내 생각을 알아챘는지 나나 씨가 마치 비밀이라도 털어놓는 것처럼 소곤소곤 말했다.

"사실 나도 있어, 만삭 사진."

"어?"

"너랑 노노가 뱃속에 있을 때 마사오랑 같이 찍은 사진."

나나 씨가 안방으로 가서 사진을 가지고 왔다. 우리 집 앨범은 누구나 언제든지 볼 수 있게 거실에 있었다. 그러니까 그 사진은 거기에 꽂아 놓지 않았다는 거다. 그런 사진이 있는 줄 전혀 몰랐다.

"우리 넷이 찍은 마지막 사진이야."

사진 속에는 지금보다 젊은 나나 씨와 마사오 씨가 손을 잡고 나란히 서 있었다. 스튜디오에서 사진사가 찍은 사진이 아니라, 어느 공원에서 무심히 찍은 사진이었다. 사진 속 나나 씨 배는 아주 컸다. 지금과 거의 비슷했다. 그렇다면 내가 태어나기 두 달 정도 전이라는 걸까.

이 사진에 노노가 찍혀 있다. 그런 생각이 들자 가슴이 두근거렸다.

"우리 넷이 찍은 마지막 사진."

나는 나나 씨 말을 따라 했다.

"응. 너희가 실제로 찍히지는 않았지만. 임신 중에 마사오랑 찍은 사진이 몇 장 있었는데, 배가 부른 게 확실히 보이는 건 이 한 장뿐이었어. 그래서 이건 내 보물이야."

나나 씨는 그 사진을 소중하게 가슴에 품었다.

"그 사진, 누가 찍었어?"

"누굴 거 같아?"

"음, 할마님?"

"아니. 근처에 있던 모르는 여자애."

"그걸 내가 어떻게 맞혀."

"딱 지금 네 또래의 아이였어. 얼굴은 잘 기억 안 나지만, 비슷해 보이는 교복을 입고 있었고. 좀 이상했어."

나나 씨는 한 번 더 사진 속 우리를 가만히 응시한 뒤 이야기를 이어 갔다.

"마사오랑 공원을 산책하고 있는데 '사진 찍어 드릴까요?' 하고 그 애가 먼저 갑자기 말을 건 거야. 이상하지? 관광지도 아니고 포토 존도 아닌데. 거절하기도 미안해서, 마사오가 가지고 있던 카메라로 찍었어."

"음. 정말 이상한 일이네."

"어쩌면 노노였는지도 몰라."

"어?"

"'난 태어나지는 못해도 엄마가 쓸쓸하지 않게 사진을 찍어 줘야지.' 하고 말이야."

나는 다시 한번 사진을 들여다봤다. 그래서 나나 씨와 마사오 씨가 웃고 있는데도 살짝 당황스러워 보이는구나.

"그 얘기, 마사오 씨한테 했어?"

"응."

"뭐래?"

"자기도 그렇게 생각했대."

'그러면 좋을 텐데'도 아니고 '나도 그렇게 생각했다'라니. 나나 씨는 분명히 그 말을 듣고 굉장히 기뻤을 거다.

"왜 그동안 말 안 했어?"

"글쎄. 조금 불안했는지도 몰라. 이 얘기를 하면 너까지 어딘가 가 버리는 게 아닌가 하고."

"아무 데도 안 가."

"그래. 요즘엔 나도 그렇게 생각해."

나나 씨는 웃었다. 나는 힘차게 고개를 끄덕였다.

"그럼. 왜냐하면 노노와 나는 다른 사람이니까."

나는 마음속으로 나나 씨 뱃속에 있는 루루에게 말을 건넨다.

있잖아, 루루. 들려? 내 목소리 들리니? 넌 어떻게 웃어? 뭘 하는 게 좋아? 나나 씨랑 마사오 씨랑 같이 여기서 즐겁게 기다릴게. 네가 태어나서 조금 크면 노노 얘기를 하고 싶어. 만난 적은 없지만 노노가 너랑 자매라는 걸 느꼈으면 좋겠어.

멀고 먼 훗날, 나나 씨와 마사오 씨가 세상을 떠난다는 생각에 가끔 눈물이 날 때가 있었다. 두 사람이 세상에서 없어진다는 건 함께 노노를 기억할 사람이 없어진다는 것이다. 아무리 찾아도 노노는 내 마음속에만 있게 된다. 언젠가 그런 날이 올 터였다.

하지만 지금은 별로 무섭지 않다.

루루가 있으니까.

그리고 내 마음속 이야기를 들어 주는 친구들도 있다.

노노는 사라질 듯하면서, 그렇게 퍼져 간다.

나나 씨 뱃속에서 지낸 열 달. 인생에서 가장 긴 시간을, 가장 가까운 곳에서 함께 보낸 사람. 그 이름은 모우리 노노.

나의 소중한 동생.

에필로그

국어 시간이었어요. 난 삼 층의 육 학년 이 반 창가 자리에서 운동장을 내려다보고 있었죠.

월요일 이 교시. 이 학년 일 반 체육 시간이에요.

육 학년인 내가 다른 학년 체육 시간에 관심을 가지는 데는 다 이유가 있답니다. 바로 모미야마 선생님. 이 학년 일 반 담임 선생님이에요.

모미야마 선생님은 내가 오 학년이 된 봄에 우리 학교에 왔어요. 새 학기에 전교생들이 모인 자리에서 교장 선생님이 모미야마 선생님을 소개했을 때 예쁜 선생님이라고 생각했어요. 하지만 학년이 달라서 특별히 얘기를 나눈 적은 없었지요.

그리고 몇 달이 지난 뒤, 언니한테 학교에 새로 온 모미야마 선생님이 예쁘다는 얘기를 했어요. 언니와 나이가 비슷해 보인다고 그랬더니 언니가 '그 애인가?' 하고 고개를 갸웃하는 거예요. 그래서 이름을 말했더니 똑같다며 놀랐어요. 모미야마 선생님과 언니가 중학교 때 같은 반이었던 거예요.

하지만 두 사람은 고등학교, 대학교 모두 달라서 지금은 서로

연락을 하지 않는다고 했어요. 그래서 언니는 모미야마 선생님이 초등학교 선생님이 된 사실도 몰랐고요.

"모미야마 선생님한테 언니 얘기를 해 볼까?"

언니한테 물었지만, 폐가 될 수도 있으니까 하지 말라나요. 괜히 서운하지 뭐예요. 모미야마 선생님한테 말을 걸 기회를 잃어서 아쉬웠어요.

그래서 월요일 이 교시면 꼭 운동장을 내다봐요. 언니와 같은 반이었을 때의 모미야마 선생님을 상상해 보기도 해요. 모미야마 선생님은 한 아이가 엉뚱한 방향으로 던진 공을 주우러 뛰어가고 있었어요. 공을 손에 들고 돌아볼 때 이쪽을 본 듯했지만, 분명히 기분 탓이겠죠.

학교를 졸업할 때 모미야마 선생님한테 언니 이야기를 해 보려고요. 깜짝 놀라시려나요?

"어서 와, 루루."

아파트 일 층 입구에서 이제 막 출근하려던 아빠가 인사를 건넸어요. 아빠가 물리 치료사로 일하는 정형외과는 동네에서 평판이 좋아 저녁 늦게까지 환자들로 붐빈대요.

"다녀왔어요. 잘 다녀오세요."

"다녀올게. 쇼이치로 와 있다."

왜인지 언니는 아빠를 '마사오 씨'라며 이름으로 부르지만, 이름을 떠올릴 때마다 '바른 남편'이라는 어감이 이상해서 나는 아빠라고 불러요. '바른 남편'이 있다면 '바른 아내'도 있는 걸까요? 그런 생각을 하기 시작하면 끝이 없지만요. 아무튼 난 아빠가 좋아요.

쇼이치로는 언니의 남편이에요. 나에겐 형부지요. 우리 집에 놀러 왔나 봐요. 언니는 이 년 전에 결혼해서 '요시다 네네'가 되었어요. 나와 성이 달라요.

형부와 언니는 같은 아파트 일 층에 살고 있어요. 우리는 칠 층이고요. 지대가 높은 곳에 자리한 이 커다란 아파트에는 내가 세 살 무렵에 이사 왔어요. 당시 언니는 우리와 같이 살았어요. 결혼해서 집을 나가게 됐지만 나랑 떨어지기 싫어서 같은 아파트에 집을 구했답니다. 그래서 나는 지금까지도 언니의 사랑을 듬뿍 받고 있어요.

그리고 보면 형부도 아빠처럼 이름에 '바르다(正)'라는 뜻의 한자가 들어 있어요. 물론 단순한 우연이지만요.

우연이 아닌 이름도 있어요. 엄마가 나나, 언니가 네네, 내가 루루. 이건 우연이 아니라 일부러 그렇게 만든 이름이에요.

그리고 나는 언니가 한 명 더 있어요.

노노.

내가 태어나기도 훨씬 전에 죽어서 한 번도 만난 적이 없으니, '언니'라고 부르지는 않아요.

"형제가 어떻게 돼?"

이런 질문을 받으면 이렇게 대답해요.

"언니가 한 명 있어."

사실은 둘이야. 그런 말이 뒤에 숨어 있지만 얘기하려면 여러 가지 설명이 필요해서 대화가 복잡해지겠죠. 교실이나 여자 화장실, 하굣길에 어울리는 이야기인지 아닌지 판단이 서지 않은 채 초등학교 생활이 끝나려고 해요.

그럴 때 노노에게 미안해지지만, 그런 일로 화낼 사람은 아닐 거예요. 만난 적은 없지만요.

아직 아무한테도 얘기한 적 없는 그 '숨은 말'을 언젠가 누구한테 이야기하고 싶어지는 요즘이에요.

나나, 네네, 노노, 루루.

"나만 '나, 니, 누, 네, 노'의 '나 행'이 아닌 데다가, 한자도 없어서 왕따잖아!"

지금보다 훨씬 어릴 때는 그런 생각에 주눅이 든 적도 있어요. 그렇지만 다시 생각해 보면 '니니'나 '누누'보다 역시 '루루'가 더 잘 어울리는 것 같아서 그냥 받아들이기로 했어요.

엘리베이터를 타고 칠 층에 올라가 집에 도착했어요.

"다녀왔습니다."

"이제 오니?"

아니나 다를까, 엄마와 형부 목소리가 맞아 줬어요.

"밑에서 아빠 만났어요. 형부가 와 있다고 말해 줬어요."

"너무 많이 만들어서 좀 가져왔어."

부엌 식탁 위에는 음식이 가득 든 용기가 있었어요. 형부는 혼자서 식당을 운영해요. 요리도 잘해요. 월요일은 정기 휴일이라 집에서 이것저것 음식을 만들었나 봐요. 엄마는 기뻐하는 것 같아요.

"항상 고마워. 루루가 파스타를 좋아해."

맞아요, 형부의 갈릭 파스타를 아주 좋아해요.

"우아, 그렇구나. 잘됐다."

"아빠가 마늘을 싫어해서 엄마가 안 해 주시거든."

"어라, 장인어른이 마늘을 못 드세요?"

"일 나가기 전에는."

"아아, 그렇군요."

하긴 물리 치료사가 마늘 냄새를 폴폴 풍기면 좀 별로일 것 같아요.

"언니는?"

"밑에 있어."

밑이라는 건, 일 층 집을 말해요. 요즘 사정상 언니는 우리 집에 잘 안 와요. 대신 형부가 빈번히 오죠.

"이제 갈 건데, 루루도 같이 갈래?"

"응."

엘리베이터 안에서 나는 형부에게 물었어요.

"우리 학교 모미야마 선생님 이야기, 언니한테 들었어?"

"응, 들었어. 깜짝 놀랐어."

"형부도 알아? 모미야마 선생님."

"당연히 알지. 일 학년 때는 셋이 같은 반이었고, 모미야마는 눈에 띄었으니까."

"예쁘시지."

형부와 언니는 사실 같은 중학교에 다녔던 거예요. 하지만 연인이 된 건 동창회에서 다시 만나면서부터고요. 언니는 형부의 솔직하면서 서툰 면이 좋다고 했어요. 형부는 언니의 어디가 좋은 걸까요? 아직 제대로 물어본 적은 없어요.

"형부는 언니 어디가 좋아?"

"너무 갑작스러운데."

생각난 김에 물어보자, 형부는 살짝 당황했지만 순순히 말해 주었어요.

"글쎄. 같이 있으면 즐겁다는 거? 중학교 때는 왠지 좀 수수께끼 같은 분위기였는데 그 점도 좋았어."

그래요. 형부는 사실 중학생 때부터 언니를 계속 좋아했던 모양이에요. 한결같은 사람이죠.

"수수께끼?"

"언뜻 평범해 보이는데 실은 현실과는 다른 세계가 있어서 하루 중 절반은 그쪽에서 사는 분위기였어."

"그게 뭐야."

무슨 말인지 모르겠어요.

"내 생각에는 여동생과 관련이 있지 않을까 싶어. 아, 루루 말고."

"아아, 노노?"

"우리는 상상하지 못하는 특수한 경험일 테니까."

"그렇겠지."

"내가 그걸 안 건 초등학생 때였어."

"초등학생 때도 같은 반이었어?"

"응, 또렷이 기억하는 게 반 친구가 네네한테 '불쌍해.'라고 말한 적이 있었어."

"왜?"

"사실은 쌍둥이인데 혼자 태어났으니까."

"그게 불쌍한 거야?"

"네네도 그렇게 생각한 거지. 그래서 '왜 불쌍해?'라고 집요하게 묻는 바람에 상대가 울었어."

엘리베이터가 일 층에 도착했지만 우리는 집에 들어가지 않고 복도에 서서 이야기했어요. 이런 얘기는 언니가 안 듣는 게 좋을 거 같아서요.

나는 뜻밖이었어요.

"언니는 노노 얘기를 교실에서 아무렇지 않게 했구나."

나라면 형제자매가 세상을 떠난 이야기는 교실에서 못할 것 같아요. 아마 상대를 곤란하게 할까 봐, 아니, 정확히는 곤란하게 만드는 게 귀찮다는 이유가 더 맞는지도 모르겠어요.

"초등학생 때는 얘기했던 거 같아. 나도 알았으니까. 아, 어머님과 우리 어머니가 친하셔서 알았던 걸 수도 있어."

어머님이라는 건 우리 엄마예요. 언니가 엄마를 '나나 씨'라고 부르니까 형부도 가끔 '나나 씨'라고 불러요. 그렇다고 해서 아빠를 '마사오 씨'라고 부르지는 않아요. 아빠를 '마사오 씨'라고 부르는 형부를 상상했더니 왠지 좀 웃음이 나왔어요. 푸흐.

"왜 히죽거려?"

"아냐, 아무것도."

나는 허둥지둥 표정을 바꿨어요.

"그래서?"

"뭐가?"

"다음에 언니는 어떻게 됐어?"

"아, 그 얘기? 중학생이 된 다음에는 모미야마와 친해졌어. 그리고 모리 마리모라고, 앞에서 읽어도 뒤에서 읽어도 똑같은 이름의 여자애와도 친했어."

모리 마리모. 나는 속으로 그 이름을 불러 봤어요. 형부 말대로 앞에서 읽어도 뒤에서 읽어도 모리 마리모.

"참고로 모리 마리모가 배우 모리 마리에야."

"뭐?"

깜짝 놀랐어요. 모리 마리에라면 다양한 드라마와 광고에 나오는 인기 배우예요. 설마 언니랑 같은 반 친구였을 줄이야! 내 반응을 보고 형부는 '아차' 하며 손을 입에 가져다 댔어요.

"함부로 얘기하면 안 되는 거였나."

"언니가 왜 말 안 해 줬지?"

"호들갑 떨까 봐 그런 거 아닐까? 말해 놓고 좀 그렇지만, 비밀이다!"

친구한테 자랑하지 못해 아쉽지만, 나는 고개를 끄덕였어요. 그러고 보니 모리 마리에가 일요일 아침에 하는 프로그램에서 "이름이 좀 특이해서 어릴 때는 별로 마음에 안 들었어요."라고 말하며 예명으로 바꾼 이유를 말했던 걸 들은 것 같아요. 하지만 나는 '모리 마리모'라는 이름이 아주 귀여워서 마음에 들어요.

"그리고 네네와 자주 같이 다니던 애가 한 명 더 있었어. 처음에는 반에서 좀 외톨이였는데 내 눈에는 네네가 그 애를 자기 그룹에 끌어들인 것처럼 보였어."

"와, 언니 착하다."

"그리고 중학교 때 네네는 항상 왠지 좀 쓸쓸해 보였어."

"쓸쓸해 보여?"

"응. 노노 일뿐 아니라, 자기 얘기는 안 하게 된 것 같아. 그래서 쓸쓸해 보였던 건지도 모르고. 아무도 자기를 이해하지 못한다고 단념한 듯한 분위기였어."

지금 언니를 보면 상상이 잘 안 가요. 언니는 유쾌한 사람이거든요.

"불쌍하다는 말을 들었던 게 정말 싫었던 건 아닐까?"

"내 생각도 그래."

우리는 그렇게 결론을 내렸어요.

복도 끝에 있는 언니네 집으로 들어갔더니 처음 보는 화사한 오렌지색 스니커즈가 눈에 들어왔어요.

"다녀왔어. 루루도 같이."

형부가 집 안쪽을 향해 말했어요.

"어서 와."

언니의 대답이 돌아왔어요.

안쪽에 있는 넓은 방으로 가자 언니랑 손님이 한 명 있었어요. 둥그스름한 갈색 쇼트 컷이 귀여운 다도코로 가나메 언니예요. 언니와 친한 친구라서 이렇게 자주 놀러 온답니다.

"안녕, 루루."

"안녕하세요."

내가 인사하자, 가나메 언니가 빙긋 웃었어요.

"루루, 머핀 먹을래? 가나메가 가져왔어. 우리는 조금 전에 먹었어."

언니가 종이 상자를 기울여서 안을 보여 줬어요. 초콜릿 머핀이 하나 들어 있었어요.

"먹어도 돼? 고마워."

"루루, 학교는 어때?"

가나메 언니 물음에 나는 "그냥 그래요." 하고 솔직하게 대답했어요.

"혹시 모미야마 선생님 알아요?"

"뭐?"

내가 묻자 가나메 언니가 깜짝 놀랐어요.

"아, 너한테 아직 말 안 했지?"

언니가 말했어요.

"모미야마, 선생님 됐나 봐. 루루가 다니는 학교에."

"우아, 정말?"

"놀랍지?"

"그러고 보면 삼 학년 때 선생님이 되고 싶다고 했었어."

"그래? 몰랐어. 난 그때 반이 달라서."

"아, 옛날 생각 난다."

두 사람은 옛날이야기로 이야기꽃을 피우기 시작했어요.

"오늘만 모리와 힛키로 돌아가 볼까?"

언니의 제안에 가나메 언니가 "아하하." 하고 밝게 웃었어요.

"힛키라. 맞다, 네가 그렇게 불렀지."

"혹시 싫었어?"

"전혀. 기뻤어. 뭐랬더라, '히키는 아무도 안 부르는 이름으로 부르고 싶고, 그렇게 불리고 싶어 할 거 같아.'"

가나메 언니가 언니 말투 흉내를 내자, 언니가 머리를 감싸안 았어요.

"내가 그런 말을 했어? 아아, 창피해."

"정말 명언이었어. 나를 힛키라고 부른 애는 네 말대로 인생에 서 너 하나였으니까."

"아직 인생 안 끝났는데."

내가 끼어들자 가나메 언니가 싱긋 웃었어요.

"그야 그렇지만, 지금은 결혼해서 '다도코로'가 됐으니까 이제 힛키라고 불릴 일은 없을 거야."

"나도 이제 모리는 없겠지."

"내가 불러 줄까?"

형부 말에 모두 웃었어요. 그러고 나서 언니가 자기 배를 쓰다 듬었어요.

"웃었더니 움직였어."

"만져 봐도 돼?"

"나도."

"나도!"

우리 셋은 동시에 언니 배에 손을 가져다 댔어요. 아쉽게도 더 움직이지는 않아서 느낄 순 없었어요. 하지만 분명히 거기에 있어요. 생명은 참 신기해요.

언니는 지금 임신 구 개월. 이제 얼마 안 있으면 나는 이모가 돼요.

"빨리 만나고 싶어, 노노."

언니는 말하면서 행복하게 웃었어요.

스푼북은 마음부른 책을 만듭니다. 맛있게 읽자, 스푼북!

여전히, 둘

초판 1쇄 발행 2025년 03월 26일

글 도모리 시루코 **그림** 가시와이 **옮김** 김윤수
발행처 주식회사 스푼북 **발행인** 박상희 **총괄** 김남원
편집 길유진 박선정 이민주 이지은
디자인 정진희 권수아 **마케팅** 박병건 박미소
출판신고 2016년 11월 15일 제2017-000267호
주소 (03993) 서울시 마포구 월드컵북로6길 88-7 ky21빌딩 2층
전화 02-6357-0050(편집) 02-6357-0051(마케팅)
팩스 02-6357-0052 **전자우편** book@spoonbook.co.kr

ISBN 979-11-6581-577-6 (43830)